Arthur Chauvin

MW00931917

1

VOL DE NUIT

ANTOINE DE SAINT-EXUPÉRY

VOL DE NUIT (1931)

ANTOINE DE SAINT-EXUPÉRY (1900-1944)

À Monsieur Didier Daurat

8

VOL DE NUIT

I

Les collines, sous l'avion, creusaient déjà leur sillage d'ombre dans l'or du soir. Les plaines devenaient lumineuses mais d'une inusable lumière : dans ce pays elles n'en finissent pas de rendre leur or, de même qu'après l'hiver elles n'en finissent pas de rendre leur neige.

Et le pilote Fabien, qui ramenait de l'extrême Sud, vers Buenos-Aires, le courrier de Patagonie, reconnaissait l'approche du soir aux mêmes signes que les eaux d'un port : à ce calme, à ces rides légères qu'à peine dessinaient de tranquilles nuages. Il entrait dans une rade immense et bienheureuse.

Il eût pu croire aussi, dans ce calme, faire une lente promenade, presque comme un berger. Les bergers de Patagonie vont, sans se presser, d'un troupeau à l'autre : il allait d'une ville à l'autre, il était le berger des petites villes. Toutes les deux heures il en rencontrait qui venaient boire au bord des fleuves ou qui broutaient leur plaine.

Quelquefois, après cent kilomètres de steppes plus inhabitées que la mer, il croisait une ferme perdue, et qui semblait emporter en arrière, dans une houle de prairies, sa charge de vies humaines ; alors il saluait des ailes ce navire.

« San Julian est en vue ; nous atterrirons dans dix minutes. »

Le radio navigant passait la nouvelle à tous les postes de la ligne.

Sur deux mille cinq cents kilomètres, du détroit de Magellan à Buenos-Aires, des escales semblables s'échelonnaient ; mais celle-ci s'ouvrait sur les frontières de la nuit comme, en Afrique, sur le mystère, la dernière bourgade soumise.

Le radio passa un papier au pilote :

« Il y a tant d'orages que les décharges remplissent mes écouteurs. Coucherez-vous à San

Julian ? »

Fabien sourit : le ciel était calme comme un aquarium et toutes les escales, devant eux, leur signalaient : « Ciel pur, vent nul. » Il répondit :

« Continuerons. »

Mais le radio pensait que des orages s'étaient installés quelque part, comme des vers s'installent dans un fruit ; la nuit serait belle et pourtant gâtée : il lui répugnait d'entrer dans cette ombre prête à pourrir.

En descendant moteur au ralenti sur San Julian, Fabien se sentit las. Tout ce qui fait douce la vie des hommes grandissait vers lui : leurs maisons, leurs petits cafés, les arbres de leur promenade. Il était semblable à un conquérant, au soir de ses conquêtes, qui se penche sur les terres de l'empire, et découvre l'humble bonheur des hommes. Fabien avait besoin de déposer les armes, de ressentir sa lourdeur et ses courbatures, on est riche aussi de ses misères, et d'être ici un homme simple, qui regarde par la fenêtre une vision désormais immuable. Ce village minuscule, il l'eût accepté : après avoir choisi on se contente du hasard de son existence et on peut l'aimer. Il vous borne comme l'amour. Fabien eût désiré vivre ici longtemps, prendre sa part ici d'éternité, car les petites villes, où il vivait une heure, et les jardins clos de vieux murs, qu'il traversait, lui semblaient éternels de durer en dehors de lui. Et le village montait vers l'équipage et vers lui s'ouvrait. Et Fabien pensait aux amitiés, aux filles tendres, à l'intimité des nappes blanches, à tout ce qui, lentement, s'apprivoise pour l'éternité. Et le village coulait déjà au ras des ailes, étalant le mystère de ses jardins fermés que leurs murs ne protégeaient plus. Mais Fabien, ayant atterri, sut qu'il n'avait rien vu, sinon le mouvement lent de quelques hommes parmi leurs pierres. Ce village défendait, par sa seule immobilité, le secret de ses passions, ce village refusait sa douceur : il eût fallu renoncer à l'action pour la conquérir.

Quand les dix minutes d'escale furent écoulées, Fabien dut repartir.

Il se retourna vers San Julian : ce n'était plus qu'une poignée de lumières, puis d'étoiles, puis se dissipa la poussière qui, pour la dernière fois, le tenta.

« Je ne vois plus les cadrans : j'allume. »

Il toucha les contacts, mais les lampes rouges de la carlingue versèrent vers les aiguilles une lumière encore si diluée dans cette lumière bleue qu'elle ne les colorait pas. Il passa les doigts devant une ampoule : ses doigts se teintèrent à peine.

« Trop tôt. »

Pourtant la nuit montait, pareille à une fumée sombre, et déjà comblait les vallées. On ne distinguait plus celles-ci des plaines. Déjà pourtant s'éclairaient les villages, et leurs constellations se répondaient. Et lui aussi, du doigt, faisait cligner ses feux de position, répondait aux villages. La terre était tendue d'appels lumineux, chaque maison allumant son étoile, face à l'immense nuit, ainsi qu'on tourne un phare vers la mer. Tout ce qui couvrait une vie humaine déjà scintillait. Fabien admirait que l'entrée dans la nuit se fît cette fois, comme une entrée en rade, lente et belle.

Il enfouit sa tête dans la carlingue. Le radium des aiguilles commençait à luire. L'un après l'autre le pilote vérifia des chiffres et fut content. Il se découvrait solidement assis dans ce ciel. Il effleura du doigt un longeron d'acier, et sentit dans le métal ruisseler la vie : le métal ne vibrait pas, mais vivait. Les cinq cents chevaux du moteur faisaient naître dans la matière un courant très doux, qui changeait sa glace en chair de velours. Une fois de plus, le pilote n'éprouvait, en vol, ni vertige, ni ivresse, mais le travail mystérieux d'une chair vivante.

Maintenant il s'était recomposé un monde, il y jouait des coudes pour s'y installer bien à l'aise.

Il tapota le tableau de distribution électrique, toucha les contacts un à un, remua un peu, s'adossa mieux, et chercha la position la meilleure pour bien sentir les balancements des cinq tonnes de métal qu'une nuit mouvante épaulait. Puis il tâtonna, poussa en place sa lampe de secours, l'abandonna, la retrouva, s'assura qu'elle ne glissait pas, la quitta de nouveau pour tapoter chaque manette, les joindre à coup sûr, instruire ses doigts pour un monde aveugle. Puis, quand ses doigts le connurent bien, il se permit d'allumer une lampe, d'orner sa carlingue d'instruments précis, et surveilla sur les cadrans seuls son entrée dans la nuit, comme une plongée. Puis, comme rien ne vacillait, ni ne vibrait, ni ne tremblait, et que demeurait fixes son gyroscope, son altimètre et le régime du moteur, il s'étira un peu, appuya sa nuque au cuir du siège, et commença cette profonde méditation du vol, où l'on savoure une espérance inexplicable.

Et maintenant, au cœur de la nuit comme un veilleur, il découvre que la nuit montre l'homme : ces appels, ces lumières, cette inquiétude. Cette simple étoile dans l'ombre : l'isolement d'une maison. L'une s'éteint : c'est une maison qui se ferme sur son amour.

Ou sur son ennui. C'est une maison qui cesse de faire son signal au reste du monde. Ils ne savent pas ce qu'ils espèrent ces paysans accoudés à la table devant leur lampe : ils ne savent pas que leur désir porte si loin, dans la grande nuit qui les enferme. Mais Fabien le découvre quand il vient de mille kilomètres et sent des lames de fond profondes soulever et descendre l'avion qui respire, quand il a traversé dix orages, comme des pays de guerre, et, entre eux, des clairières de lune, et quand il gagne ces lumières, l'une après l'autre, avec le sentiment de vaincre. Ces hommes croient que leur lampe luit pour l'humble table, mais à quatre-vingts kilomètres d'eux, on est déjà touché par l'appel de cette lumière, comme s'ils la balançaient désespérés, d'une île déserte, devant la mer.

II

Ainsi les trois avions postaux de la Patagonie, du Chili et du Paraguay revenaient du Sud, de l'Ouest et du Nord vers Buenos-Aires. On y attendait leur chargement pour donner le départ, vers minuit, à l'avion d'Europe.

Trois pilotes, chacun à l'arrière d'un capot lourd comme un chaland, perdus dans la nuit, méditaient leur vol, et, vers la ville immense, descendraient lentement de leur ciel d'orage ou de paix, comme d'étranges paysans descendent de leurs montagnes.

Rivière, responsable du réseau entier, se promenait de long en large sur le terrain d'atterrissage de Buenos-Aires. Il demeurait silencieux car, jusqu'à l'arrivée des trois avions, cette journée, pour lui, restait redoutable. Minute par minute, à mesure que les télégrammes lui parvenaient, Rivière avait conscience d'arracher quelque chose au sort, de réduire la part d'inconnu, et de tirer ses équipages, hors de la nuit, jusqu'au rivage.

Un manœuvre aborda Rivière pour lui communiquer un message du poste Radio :

– Le courrier du Chili signale qu'il aperçoit les lumières de Buenos-Aires.

– Bien.

Bientôt Rivière entendrait cet avion : la nuit en livrait un déjà, ainsi qu'une mer, pleine de flux et de reflux et de mystères, livre à la plage le trésor qu'elle a si longtemps ballotté. Et plus tard on recevrait d'elle les deux autres.

Alors cette journée serait liquidée. Alors les équipes usées iraient dormir, remplacées par les équipes fraîches. Mais Rivière n'aurait point de repos : le courrier d'Europe, à son tour, le chargerait d'inquiétudes. Il en serait toujours ainsi. Toujours. Pour la première fois ce vieux lutteur s'étonnait de se sentir las. L'arrivée des avions ne serait jamais cette victoire qui termine une guerre, et ouvre une ère de paix bienheureuse. Il n'y aurait jamais, pour lui, qu'un pas de fait précédant mille pas semblables. Il semblait à Rivière qu'il soulevait un poids très lourd, à bras tendus, depuis longtemps : un effort sans repos et sans espérance. « Je vieillis... » Il vieillissait si dans l'action seule il ne trouvait plus sa nourriture. Il s'étonna de réfléchir sur des problèmes qu'il ne s'était jamais posés. Et pourtant revenait contre lui, avec un murmure mélancolique, la masse des douceurs qu'il avait toujours écartées : un océan perdu. « Tout cela est donc si proche ?... » Il s'aperçut qu'il avait peu à peu repoussé vers la vieillesse, pour « quand il aurait le temps » ce qui fait douce la vie des hommes. Comme si réellement on pouvait avoir le temps un jour, comme si l'on gagnait, à l'extrémité de la vie, cette paix bienheureuse que l'on imagine. Mais il n'y a pas de paix. Il n'y a peut-être pas de victoire. Il n'y a pas d'arrivée définitive de tous les courriers.

Rivière s'arrêta devant Leroux, un vieux contremaître qui travaillait. Leroux, lui aussi, travaillait depuis quarante ans. Et le travail prenait toutes ses forces. Quand Leroux rentrait chez lui vers dix heures du soir, ou minuit, ce n'était pas un autre monde qui s'offrait à lui, ce n'était pas une évasion. Rivière sourit à cet homme qui relevait son visage lourd, et désignait un axe bleui : « Ça tenait trop dur, mais je l'ai eu. » Rivière se pencha sur l'axe. Rivière était repris par le métier. « Il faudra dire aux ateliers d'ajuster ces pièces-là plus libres. » Il tâta du doigt les traces du grippage, puis considéra de nouveau Leroux. Une drôle de question lui venait aux lèvres, devant ces rides sévères. Il en souriait :

– Vous vous êtes beaucoup occupé d'amour, Leroux, dans votre vie ?

– Oh ! l'amour, vous savez, monsieur le Directeur...

– Vous êtes comme moi, vous n'avez jamais eu le temps.

– Pas bien beaucoup...

Rivière écoutait le son de la voix, pour connaître si la réponse était amère : elle n'était pas amère. Cet homme éprouvait, en face de sa vie passée, le tranquille contentement du menuisier qui vient de polir une belle planche : « Voilà. C'est fait. »

« Voilà, pensait Rivière, ma vie est faite. »

Il repoussa toutes les pensées tristes qui lui venaient de sa fatigue, et se dirigea vers le hangar, car l'avion du Chili grondait.

III

Le son de ce moteur lointain devenait de plus en plus dense. Il mûrissait. On donna les feux. Les lampes rouges du balisage dessinèrent un hangar, des pylônes de T.S.F., un terrain carré. On dressait une fête.

– Le voilà !

L'avion roulait déjà dans le faisceau des phares. Si brillant qu'il en semblait neuf. Mais, quand il eut stoppé enfin devant le hangar, tandis que les mécaniciens et les manœuvres se pressaient pour décharger la poste, le pilote Pellerin ne bougea pas.

– Eh bien ? qu'attendez-vous pour descendre ?

Le pilote, occupé à quelque mystérieuse besogne, ne daigna pas répondre. Probablement il écoutait encore tout le bruit du vol passer en lui. Il hochait lentement la tête, et, penché en avant, manipulait on ne sait quoi. Enfin il se retourna vers les chefs et les camarades, et les considéra gravement, comme sa propriété. Il semblait les compter et les mesurer et les peser, et il pensait qu'il les avait bien gagnés, et aussi ce hangar de fête et ce ciment solide et, plus loin, cette ville avec son mouvement, ses femmes et sa chaleur. Il tenait ce peuple dans ses larges mains, comme des sujets, puisqu'il pouvait les toucher, les entendre et les insulter. Il pensa d'abord les insulter d'être là tranquilles, sûrs de vivre, admirant la lune, mais il fut débonnaire :

– ... Paierez à boire !

Et il descendit.

Il voulut raconter son voyage :

– Si vous saviez !...

Jugeant sans doute en avoir assez dit, il s'en fut retirer son cuir.

Quand la voiture l'emporta vers Buenos-Aires en compagnie d'un inspecteur morne et de Rivière silencieux, il devint triste : c'est beau de se tirer d'affaire, et de lâcher avec santé, en reprenant pied, de bonnes injures. Quelle joie puissante !

Mais ensuite, quand on se souvient, on doute on ne sait de quoi.

La lutte dans le cyclone, ça, au moins, c'est réel, c'est franc. Mais non le visage des choses, ce visage qu'elles prennent quand elles se croient seules. Il pensait :

« C'est tout à fait pareil à une révolte : des visages qui pâlissent à peine, mais changent tellement ! »

Il fit un effort pour se souvenir.

Il franchissait, paisible, la Cordillère des Andes. Les neiges de l'hiver pesaient sur elle de toute leur paix. Les neiges de l'hiver avaient fait la paix dans cette masse, comme les siècles dans les châteaux morts. Sur deux cents kilomètres d'épaisseur, plus un homme, plus un souffle de vie, plus un effort. Mais des arêtes verticales, qu'à six mille d'altitude on frôle, mais des manteaux de pierre qui tombent droit, mais une formidable tranquillité.

Ce fut aux environs du Pic Tupungato...

Il réfléchit. Oui, c'est bien là qu'il fut le témoin d'un miracle.

Car il n'avait d'abord rien vu, mais s'était

simplement senti gêné, semblable à quelqu'un qui se croyait seul, qui n'est plus seul, que l'on regarde. Il s'était senti, trop tard et sans bien comprendre comment, entouré par de la colère. Voilà. D'où venait cette colère ?

À quoi devinait-il qu'elle suintait des pierres, qu'elle suintait de la neige ? Car rien ne semblait venir à lui, aucune tempête sombre n'était en marche. Mais un monde à peine différent, sur place, sortait de l'autre. Pellerin regardait, avec un serrement de cœur inexplicable, ces pics innocents, ces arêtes, ces crêtes de neige, à peine plus gris, et qui pourtant commençaient à vivre – comme un peuple.

Sans avoir à lutter, il serrait les mains sur les commandes. Quelque chose se préparait qu'il ne comprenait pas. Il bandait ses muscles, telle une bête qui va sauter, mais il ne voyait rien qui ne fût calme. Oui, calme, mais chargé d'un étrange pouvoir.

Puis tout s'était aiguisé. Ces arêtes, ces pics, tout devenait aigu : on les sentait pénétrer, comme des étraves, le vent dur. Et puis il lui sembla qu'elles viraient et dérivaient autour de lui, à la façon de navires géants qui s'installent pour le combat. Et puis il y eut, mêlée à l'air, une poussière : elle montait, flottant doucement, comme un voile, le long des neiges. Alors, pour chercher une issue en cas de retraite nécessaire, il se retourna et trembla : toute la Cordillère, en arrière, semblait fermenter.

« Je suis perdu. »

D'un pic, à l'avant, jaillit la neige : un volcan de neige. Puis d'un second pic, un peu à droite. Et tous les pics, ainsi, l'un après l'autre s'enflammèrent, comme successivement touchés par quelque invisible coureur. C'est alors qu'avec les premiers remous de l'air les montagnes autour du pilote oscillèrent.

L'action violente laisse peu de traces : il ne retrouvait plus en lui le souvenir des grands remous qui l'avaient roulé. Il se rappelait seulement s'être débattu, avec rage, dans ces flammes grises.

Il réfléchit.

« Le cyclone, ce n'est rien. On sauve sa peau. Mais auparavant ! Mais cette rencontre que l'on fait ! »

Il pensait reconnaître, entre mille, un certain visage, et pourtant il l'avait déjà oublié.

IV

Rivière regardait Pellerin. Quand celui-ci descendrait de voiture, dans vingt minutes, il se mêlerait à la foule avec un sentiment de lassitude et de lourdeur. Il penserait peut-être : « Je suis bien fatigué... sale métier ! » Et à sa femme il avouerait quelque chose comme : « on est mieux ici que sur les Andes ». Et pourtant tout ce à quoi les hommes tiennent si fort s'était presque détaché de lui : il venait d'en connaître la misère. Il venait de vivre quelques heures sur l'autre face du décor, sans savoir s'il lui serait permis de rétablir pour soi cette ville dans ses lumières. S'il retrouverait même encore, amies d'enfance ennuyeuses mais chères, toutes ses petites infirmités d'homme. « Il y a dans toute foule, pensait Rivière, des hommes que l'on ne distingue pas, et qui sont de prodigieux messagers. Et sans le savoir eux-mêmes. À moins que... » Rivière craignait certains admirateurs. Ils ne comprenaient pas le caractère sacré de l'aventure, et leurs exclamations en faussaient le sens, diminuaient l'homme. Mais Pellerin gardait ici toute sa grandeur d'être simplement instruit, mieux que personne, sur ce que vaut le monde entrevu sous un certain jour, et de repousser les approbations vulgaires avec un lourd dédain. Aussi Rivière le félicita-t-il : « Comment avez-vous réussi ? » Et l'aima de parler simplement métier, de parler de son vol comme un forgeron de son enclume.

Pellerin expliqua d'abord sa retraite coupée. Il s'excusait presque : « Aussi je n'ai pas eu le choix. » Ensuite il n'avait plus rien vu : la neige l'aveuglait. Mais de violents courants l'avaient sauvé, en le soulevant à sept mille. « J'ai dû être maintenu au ras des crêtes pendant toute la traversée. » Il parla aussi du gyroscope dont il faudrait changer de place la prise d'air : la neige l'obturait : « Ça forme verglas, voyez-vous. » Plus tard d'autres courants avaient culbuté Pellerin, et, vers trois mille, il ne comprenait plus comment il n'avait rien heurté encore. C'est qu'il survolait déjà la plaine. « Je m'en suis aperçu tout d'un coup, en débouchant dans du ciel pur. » Il expliqua enfin qu'il avait eu, à cet instant-là, l'impression de sortir d'une caverne.

– Tempête aussi à Mendoza ?

– Non. J'ai atterri par ciel pur, sans vent. Mais la tempête me suivait de près.

Il la décrivit parce que, disait-il, « tout de même c'était étrange ». Le sommet se perdait très haut dans les nuages de neige, mais la base roulait sur la plaine ainsi qu'une lave noire. Une à une, les villes étaient englouties. « Je n'ai jamais vu ça... » Puis il se tut, saisi par quelque souvenir.

Rivière se retourna vers l'inspecteur.

– C'est un cyclone du Pacifique, on nous a prévenu trop tard. Ces cyclones ne dépassent d'ailleurs jamais les Andes.

On ne pouvait prévoir que celui-là poursuivrait sa marche vers l'Est.

L'inspecteur, qui n'y connaissait rien, approuva.

L'inspecteur parut hésiter, se retourna vers Pellerin, et sa pomme d'Adam remua. Mais il se tut. Il reprit, après réflexion, en regardant droit devant soi, sa dignité mélancolique.

Il la promenait, ainsi qu'un bagage, cette mélancolie. Débarqué la veille en Argentine, appelé par Rivière pour de vagues besognes, il était empêtré de ses grandes mains et de sa dignité d'inspecteur. Il n'avait le droit d'admirer ni la fantaisie, ni la verve : il admirait par fonction la ponctualité. Il n'avait le droit de boire un verre en compagnie, de tutoyer un camarade et de risquer un calembour que si, par un hasard invraisemblable, il rencontrait, dans la même escale, un autre inspecteur.

« Il est dur, pensait-il, d'être un juge. »

À vrai dire, il ne jugeait pas, mais hochait la tête. Ignorant tout, il hochait la tête, lentement, devant tout ce qu'il rencontrait. Cela troublait les consciences noires et contribuait au bon entretien du matériel. Il n'était guère aimé, car un inspecteur n'est pas créé pour les délices de l'amour, mais pour la rédaction de rapports. Il avait renoncé à y proposer des méthodes nouvelles et des solutions techniques, depuis que Rivière avait écrit : « L'inspecteur Robineau est prié de nous fournir, non des poèmes, mais des rapports. L'inspecteur Robineau utilisera heureusement ses compétences, en stimulant le zèle du personnel. » Aussi se jetait-il désormais, comme sur son pain quotidien, sur les défaillances humaines. Sur le mécanicien qui buvait, le chef d'aéroplace qui passait des nuits blanches, le pilote qui rebondissait à l'atterrissage.

Rivière disait de lui : « Il n'est pas très intelligent, aussi rend-il de grands services. » Un règlement établi par Rivière était, pour Rivière, connaissance des hommes ; mais pour Robineau n'existait plus qu'une connaissance du règlement.

« Robineau, pour tous les départs retardés, lui avait dit un jour Rivière, vous devez faire sauter les primes d'exactitude.

– Même pour le cas de force majeure ? Même par brume ? »

– Même par brume. »

Et Robineau éprouvait une sorte de fierté d'avoir un chef si fort qu'il ne craignait pas d'être injuste. Et Robineau lui-même tirerait quelque majesté d'un pouvoir aussi offensant.

– Vous avez donné le départ à six heures quinze, répétait-il plus tard aux chefs d'aéroports, nous ne pourrons vous payer votre prime.

– Mais, monsieur Robineau, à cinq heures trente, on ne voyait pas à dix mètres !

– C'est le règlement.

– Mais, monsieur Robineau, nous ne pouvons pas balayer la brume !

Et Robineau se retranchait dans son mystère. Il faisait partie de la direction. Seul, parmi ces totons, il comprenait comment, en châtiant les hommes, on améliorera le temps.

« Il ne pense rien, disait de lui Rivière, ça lui évite de penser faux. »

Si un pilote cassait un appareil, ce pilote perdait sa prime de non-casse.

« Mais quand la panne a eu lieu sur un bois ? s'était informé Robineau.

– Sur un bois aussi. »

Et Robineau se le tenait pour dit.

– Je regrette, disait-il plus tard aux pilotes, avec une vive ivresse, je regrette même infiniment, mais il fallait avoir la panne ailleurs.

– Mais, monsieur Robineau, on ne choisit pas !

– C'est le règlement.

« Le règlement, pensait Rivière, est semblable aux rites d'une religion qui semblent absurdes mais façonnent les hommes. » Il était indifférent à Rivière de paraître juste ou injuste. Peut-être ces mots-là n'avaient-ils même pas de sens pour lui. Les petits bourgeois des petites villes tournent le soir autour de leur kiosque à musique et Rivière pensait : « Juste ou injuste envers eux, cela n'a pas de sens : ils n'existent pas. » L'homme était pour lui une cire vierge qu'il fallait pétrir. Il fallait donner une âme à cette matière, lui créer une volonté. Il ne pensait pas les asservir par cette dureté, mais les lancer hors d'eux-mêmes. S'il châtiait ainsi tout retard, il faisait acte d'injustice mais il tendait vers le départ la volonté de chaque escale ; il créait cette volonté. Ne permettant pas aux hommes de se réjouir d'un temps bouché, comme d'une invitation au repos, il les tenait en haleine vers l'éclaircie, et l'attente humiliait secrètement jusqu'au manœuvre le plus obscur. On profitait ainsi du premier défaut dans l'armure : « Débouché au Nord, en route ! » Grâce à Rivière, sur quinze mille kilomètres, le culte du courrier primait tout.

Rivière disait parfois :

« Ces hommes-là sont heureux, parce qu'ils aiment ce qu'ils font, et ils l'aiment parce que je suis dur. »

Il faisait peut-être souffrir, mais procurait aussi aux hommes de fortes joies. « Il faut les pousser, pensait-il, vers une vie forte qui entraîne des souffrances et des joies, mais qui seule compte. »

Comme la voiture entrait en ville, Rivière se fit conduire au bureau de la Compagnie. Robineau, resté seul avec Pellerin, le regarda, et entrouvrit les lèvres pour parler.

V

Or Robineau ce soir était las. Il venait de découvrir, en face de Pellerin vainqueur, que sa propre vie était grise. Il venait surtout de découvrir que lui, Robineau, malgré son titre d'inspecteur et son autorité, valait moins que cet homme rompu de fatigue, tassé dans l'angle de la voiture, les yeux clos et les mains noires d'huile. Pour la première fois Robineau admirait. Il avait besoin de le dire. Il avait besoin surtout de se gagner une amitié. Il était las de son voyage et de ses échecs du jour, peut-être se sentait-il même un peu ridicule. Il s'était embrouillé, ce soir, dans ses calculs en vérifiant les stocks d'essence, et l'agent même qu'il désirait surprendre, pris de pitié, les avait achevés pour lui. Mais surtout il avait critiqué le montage d'une pompe à huile du type B. 6, la confondant avec une pompe à huile du type B. 4, et les mécaniciens sournois l'avaient laissé flétrir pendant vingt minutes « une ignorance que rien n'excuse », sa propre ignorance.

Il avait peur aussi de sa chambre d'hôtel. De Toulouse à Buenos-Aires, il la regagnait invariablement après le travail. Il s'y enfermait, avec la conscience des secrets dont il était lourd, tirait de sa valise une rame de papier, écrivait lentement « Rapport », hasardait quelques lignes et déchirait tout. Il aurait aimé sauver la Compagnie d'un grand péril. Elle ne courait aucun péril. Il n'avait guère sauvé jusqu'à présent qu'un moyeu d'hélice touché par la rouille. Il avait promené son doigt sur cette rouille, d'un air funèbre, lentement, devant un chef d'aéroplace, qui lui avait d'ailleurs répondu : « Adressez-vous à l'escale précédente : cet avion-là vient d'en arriver. » Robineau doutait de son rôle.

Il hasarda, pour se rapprocher de Pellerin :

– Voulez-vous dîner avec moi ? J'ai besoin d'un peu de conversation, mon métier est quelquefois dur...

Puis corrigea pour ne pas descendre trop vite :

– J'ai tant de responsabilités !

Ses subalternes n'aimaient guère mêler

Robineau à leur vie privée. Chacun pensait : « S'il n'a encore rien trouvé pour son rapport, comme il a très faim, il me mangera. »

Mais Robineau, ce soir, ne pensait guère qu'à ses misères : le corps affligé d'un gênant eczéma, son seul vrai secret, il eut aimé le raconter, se faire plaindre, et ne trouvant point de consolation dans l'orgueil, en chercher dans l'humilité. Il possédait aussi, en France, une maîtresse, à qui, la nuit de ses retours, il racontait ses inspections, pour l'éblouir un peu et se faire aimer, mais qui justement le prenait en grippe, et il avait besoin de parler d'elle.

– Alors, vous dînez avec moi ?

Pellerin, débonnaire, accepta.

VI

Les secrétaires somnolaient dans les bureaux de Buenos-Aires, quand Rivière entra. Il avait gardé son manteau, son chapeau, il ressemblait toujours à un éternel voyageur, et passait presque inaperçu, tant sa petite taille déplaçait peu d'air, tant ses cheveux gris et ses vêtements anonymes s'adaptaient à tous les décors. Et pourtant un zèle anima les hommes. Les secrétaires s'émurent, le chef de bureau compulsa d'urgence les derniers papiers, les machines à écrire cliquetèrent.

Le téléphoniste plantait ses fiches dans le standard, et notait sur un livre épais les télégrammes.

Rivière s'assit et lut.

Après l'épreuve du Chili, il relisait l'histoire d'un jour heureux où les choses s'ordonnent d'elles-mêmes, où les messages, dont se délivrent l'un après l'autre les aéroports franchis, sont de sobres bulletins de victoire. Le courrier de

Patagonie, lui aussi, progressait vite : on était en avance sur l'horaire, car les vents poussaient du Sud vers le Nord leur grande houle favorable.

– Passez-moi les messages météo.

Chaque aéroport vantait son temps clair, son ciel transparent, sa bonne brise. Un soir doré avait habillé l'Amérique. Rivière se réjouit du zèle des choses. Maintenant ce courrier luttait quelque part dans l'aventure de la nuit, mais avec les meilleures chances.

Rivière repoussa le cahier.

– Ça va.

Et sortit jeter un coup d'œil sur les services, veilleur de nuit qui veillait sur la moitié du monde.

Devant une fenêtre ouverte il s'arrêta et comprit la nuit. Elle contenait Buenos-Aires, mais aussi, comme une vaste nef, l'Amérique. Il ne s'étonna pas de ce sentiment de grandeur : le ciel de Santiago du Chili, un ciel étranger, mais une fois le courrier en marche vers Santiago du Chili, on vivait, d'un bout à l'autre de la ligne, sous la même voûte profonde. Cet autre courrier maintenant dont on guettait la voix dans les écouteurs de T.S.F., les pêcheurs de Patagonie en voyaient luire les feux de bord. Cette inquiétude d'un avion en vol, quand elle pesait sur Rivière, pesait aussi sur les capitales et les provinces avec le grondement du moteur.

Heureux de cette nuit bien dégagée, il se souvenait de nuits de désordre, où l'avion lui semblait dangereusement enfoncé et si difficile à secourir. On suivait, du poste radio de Buenos-Aires, sa plainte mêlée au grésillement des orages. Sous cette gangue sourde, l'or de l'onde musicale se perdait. Quelle détresse dans le chant mineur d'un courrier jeté en flèche aveugle vers les obstacles de la nuit !

Rivière pensa que la place d'un inspecteur, une nuit de veille, est au bureau.

– Faites-moi chercher Robineau.

Robineau était sur le point de faire d'un pilote son ami. Il avait, à l'hôtel, devant lui déballé sa valise ; elle livrait ces menus objets par quoi les inspecteurs se rapprochent du reste des hommes : quelques chemises de mauvais goût, un nécessaire de toilette, puis une photographie de femme maigre que l'inspecteur piqua au mur. Il faisait ainsi à Pellerin l'humble confession de ses besoins, de ses tendresses, de ses regrets. Alignant dans un ordre misérable ses trésors, il étalait devant le pilote sa misère. Un eczéma moral. Il montrait sa prison.

Mais pour Robineau, comme pour tous les hommes, existait une petite lumière. Il avait éprouvé une grande douceur en tirant du fond de sa valise, précieusement enveloppé, un petit sac. Il l'avait tapoté longtemps sans rien dire. Puis desserrant enfin les mains :

– J'ai ramené ça du Sahara...

L'inspecteur avait rougi d'oser une telle confidence. Il était consolé de ses déboires et de son infortune conjugale, et de toute cette grise vérité par de petits cailloux noirâtres qui ouvraient une porte sur le mystère.

Rougissant un peu plus :

– On trouve les mêmes au Brésil...

Et Pellerin avait tapoté l'épaule d'un inspecteur qui se penchait sur l'Atlantide.

Par pudeur aussi Pellerin avait demandé :

– Vous aimez la géologie ?

– C'est ma passion.

Seules, dans la vie, avaient été douces pour lui, les pierres.

Robineau, quand on l'appela, fut triste, mais redevint digne.

– Je dois vous quitter, M. Rivière a besoin de moi pour quelques décisions graves.

Quand Robineau pénétra au bureau, Rivière l'avait oublié. Il méditait devant une carte murale où s'inscrivait en rouge le réseau de la Compagnie. L'inspecteur attendait ses ordres. Après de longues minutes, Rivière, sans détourner la tête, lui demanda :

– Que pensez-vous de cette carte, Robineau ?

Il posait parfois des rébus en sortant d'un songe.

– Cette carte, monsieur le Directeur...

43

L'inspecteur, à vrai dire, n'en pensait rien, mais, fixant la carte d'un air sévère, il inspectait en gros l'Europe et l'Amérique. Rivière d'ailleurs poursuivait, sans lui en faire part, ses méditations : « Le visage de ce réseau est beau mais dur. Il nous a coûté beaucoup d'hommes, de jeunes hommes. Il s'impose ici, avec l'autorité des choses bâties, mais combien de problèmes il pose ! » Cependant le but pour Rivière dominait tout.

Robineau, debout auprès de lui, fixant toujours, droit devant soi, la carte, peu à peu se redressait. De la part de Rivière, il n'espérait aucun apitoiement.

Il avait une fois tenté sa chance en avouant sa vie gâchée par sa ridicule infirmité, et Rivière lui avait répondu par une boutade : « Si ça vous empêche de dormir, ça stimulera votre activité. »

Ce n'était qu'une demi-boutade. Rivière avait coutume d'affirmer : « Si les insomnies d'un musicien lui font créer de belles œuvres, ce sont de belles insomnies. » Un jour il avait désigné Leroux : « Regardez-moi ça, comme c'est beau, cette laideur qui repousse l'amour... » Tout ce que Leroux avait de grand, il le devait peut-être à cette disgrâce, qui avait réduit sa vie à celle du métier.

– Vous êtes très lié avec Pellerin ?

– Euh !...

– Je ne vous le reproche pas.

Rivière fit demi-tour, et, la tête penchée, marchant à petits pas, il entraînait avec lui Robineau. Un sourire triste lui vint aux lèvres, que Robineau ne comprit pas.

– Seulement... seulement vous êtes le chef.

– Oui, fit Robineau.

Rivière pensa qu'ainsi, chaque nuit, une action se nouait dans le ciel comme un drame. Un fléchissement des volontés pouvait entraîner une défaite, on aurait peut-être à lutter beaucoup d'ici le jour.

– Vous devez rester dans votre rôle.

Rivière pesait ses mots :

– Vous commanderez peut-être à ce pilote, la nuit prochaine, un départ dangereux : il devra obéir.

– Oui...

– Vous disposez presque de la vie des hommes, et d'hommes qui valent mieux que vous...

Il parut hésiter.

– Ça, c'est grave.

Rivière, marchant toujours à petits pas, se tut quelques secondes.

– Si c'est par amitié qu'ils vous obéissent, vous les dupez. Vous n'avez droit vous-même à aucun sacrifice.

– Non... bien sûr.

– Et, s'ils croient que votre amitié leur épargnera certaines corvées, vous les dupez aussi : il faudra bien qu'ils obéissent. Asseyez-vous là.

Rivière, doucement, de la main, poussait Robineau vers son bureau.

– Je vais vous mettre à votre place, Robineau. Si vous êtes las, ce n'est pas à ces hommes de vous soutenir. Vous êtes le chef. Votre faiblesse est ridicule. Écrivez.

– Je...

– Écrivez : « L'inspecteur Robineau inflige au pilote Pellerin telle sanction pour tel motif... »

Vous trouverez un motif quelconque.

– Monsieur le Directeur !

– Faites comme si vous compreniez, Robineau. Aimez ceux que vous commandez. Mais sans le leur dire.

Robineau, de nouveau, avec zèle, ferait nettoyer les moyeux d'hélice.

Un terrain de secours communiqua par T.S.F. : « Avion en vue. Avion signale : Baisse de régime, vais atterrir. »

On perdrait sans doute une demi-heure. Rivière connut cette irritation, que l'on éprouve quand le rapide stoppe sur la voie, et que les minutes ne délivrent plus leur lot de plaines. La grande aiguille de la pendule décrivait maintenant un espace mort : tant d'événements auraient pu tenir dans cette ouverture de compas. Rivière sortit pour tromper l'attente, et la nuit lui apparut vide comme un théâtre sans acteur. « Une telle nuit qui se perd ! » Il regardait avec rancune, par la fenêtre, ce ciel découvert, enrichi d'étoiles, ce balisage divin, cette lune, l'or d'une telle nuit dilapidé.

Mais, dès que l'avion décolla, cette nuit pour Rivière fut encore émouvante et belle. Elle portait la vie dans ses flancs. Rivière en prenait soin :

– Quel temps rencontrez-vous ? fit-il demander à l'équipage.

Dix secondes s'écoulèrent :

« Très beau. »

Puis vinrent quelques noms de villes franchies, et c'était pour Rivière, dans cette lutte, des cités qui tombaient.

VII

Le radio navigant du courrier de Patagonie, une heure plus tard, se sentit soulevé doucement, comme par une épaule. Il regarda autour de lui : des nuages lourds éteignaient les étoiles. Il se pencha vers le sol : il cherchait les lumières des villages, pareilles à celles de vers luisants cachés dans l'herbe, mais rien ne brillait dans cette herbe noire.

Il se sentit maussade, entrevoyant une nuit difficile : marches, contre-marches, territoires gagnés qu'il faut rendre. Il ne comprenait pas la tactique du pilote ; il lui semblait que l'on se heurterait plus loin à l'épaisseur de la nuit comme à un mur.

Maintenant, il apercevait, en face d'eux, un miroitement imperceptible au ras de l'horizon : une lueur de forge. Le radio toucha l'épaule de Fabien, mais celui-ci ne bougea pas.

Les premiers remous de l'orage lointain

attaquaient l'avion. Doucement soulevées, les masses métalliques pesaient contre la chair même du radio, puis semblaient s'évanouir, se fondre, et dans la nuit, pendant quelques secondes, il flotta seul. Alors il se cramponna des deux mains aux longerons d'acier.

Et comme il n'apercevait plus rien du monde que l'ampoule rouge de la carlingue, il frissonna de se sentir descendre au cœur de la nuit, sans secours, sous la seule protection d'une petite lampe de mineur. Il n'osa pas déranger le pilote pour connaître ce qu'il déciderait, et, les mains serrées sur l'acier, incliné en avant vers lui, il regardait cette nuque sombre.

Une tête et des épaules immobiles émergeaient seules de la faible clarté. Ce corps n'était qu'une masse sombre, appuyée un peu vers la gauche, le visage face à l'orage, lavé sans doute par chaque lueur. Mais le radio ne voyait rien de ce visage. Tout ce qui s'y pressait de sentiments pour affronter une tempête : cette moue, cette volonté, cette colère, tout ce qui s'échangeait d'essentiel, entre ce visage pâle et, là-bas, ces courtes lueurs, restait pour lui impénétrable.

Il devinait pourtant la puissance ramassée dans l'immobilité de cette ombre, et il l'aimait. Elle l'emportait sans doute vers l'orage, mais aussi elle le couvrait. Sans doute ces mains, fermées sur les commandes, pesaient déjà sur la tempête, comme sur la nuque d'une bête, mais les épaules pleines de force demeuraient immobiles, et l'on sentait là une profonde réserve.

Le radio pensa qu'après tout le pilote était responsable. Et maintenant il savourait, entraîné en croupe dans ce galop vers l'incendie, ce que cette forme sombre, là, devant lui, exprimait de matériel et de pesant, ce qu'elle exprimait de durable.

À gauche, faible comme un phare à éclipse, un foyer nouveau s'éclaira.

Le radio amorça un geste pour toucher l'épaule de Fabien, le prévenir, mais il le vit tourner lentement la tête, et tenir son visage, quelques secondes, face à ce nouvel ennemi, puis, lentement, reprendre sa positon primitive. Ces épaules toujours immobiles, cette nuque appuyée au cuir.

VIII

Rivière était sorti pour marcher un peu et tromper le malaise qui reprenait, et lui, qui ne vivait que pour l'action, une action dramatique, sentit bizarrement le drame se déplacer, devenir personnel. Il pensa qu'autour de leur kiosque à musique les petits bourgeois des petites villes vivaient une vie d'apparence silencieuse, mais quelquefois lourde aussi de drames : la maladie, l'amour, les deuils, et que peut-être... Son propre mal lui enseignait beaucoup de choses : « Cela ouvre certaines fenêtres », pensait-il.

Puis, vers onze heures du soir, respirant mieux, il s'achemina dans la direction du bureau. Il divisait lentement, des épaules, la foule qui stagnait devant la bouche des cinémas. Il leva les yeux vers les étoiles, qui luisaient sur la route étroite, presque effacées par les affiches lumineuses, et pensa : « Ce soir avec mes deux courriers en vol, je suis responsable d'un ciel entier. Cette étoile est un signe, qui me cherche dans cette foule, et qui me trouve : c'est pourquoi je me sens un peu étranger, un peu solitaire. »

Une phrase musicale lui revint : quelques notes d'une sonate qu'il écoutait hier avec des amis. Ses amis n'avaient pas compris : « Cet art-là nous ennuie et vous ennuie, seulement vous ne l'avouez pas.

– Peut-être... » avait-il répondu.

Il s'était, comme ce soir, senti solitaire, mais bien vite avait découvert la richesse d'une telle solitude. Le message de cette musique venait à lui, à lui seul parmi les médiocres, avec la douceur d'un secret. Ainsi le signe de l'étoile. On lui parlait, par-dessus tant d'épaules, un langage qu'il entendait seul.

Sur le trottoir on le bousculait ; il pensa encore : « Je ne me fâcherai pas. Je suis semblable au père d'un enfant malade, qui marche dans la foule à petits pas. Il porte en lui le grand silence de sa maison. »

Il leva les yeux sur les hommes. Il cherchait à reconnaître ceux d'entre eux qui promenaient à petits pas leur invention ou leur amour, et il songeait à l'isolement des gardiens de phares.

Le silence des bureaux lui plut. Il les traversait lentement, l'un après l'autre, et son pas sonnait seul. Les machines à écrire dormaient sous les housses. Sur les dossiers en ordre les grandes armoires étaient fermées. Dix années d'expérience et de travail. L'idée lui vint qu'il visitait les caves d'une banque ; là où pèsent les richesses. Il pensait que chacun de ces registres accumulait mieux que de l'or : une force vivante. Une force vivante mais endormie, comme l'or des banques.

Quelque part il rencontrerait l'unique secrétaire de veille. Un homme travaillait quelque part pour que la vie soit continue, pour que la volonté soit continue, et ainsi, d'escale en escale, pour que jamais de Toulouse à Buenos-Aires, ne se rompe la chaîne.

« Cet homme-là ne sait pas sa grandeur. »

Les courriers quelque part luttaient. Le vol de nuit durait comme une maladie : il fallait veiller. Il fallait assister ces hommes qui, des mains et des genoux, poitrine contre poitrine, affrontaient l'ombre, et qui ne connaissaient plus, ne connaissaient plus rien que des choses mouvantes, invisibles, dont il fallait, à la force des bras aveugles, se tirer comme d'une mer. Quels aveux terribles quelquefois : « J'ai éclairé mes mains pour les voir... » Velours des mains révélé seul dans ce bain rouge de photographe. Ce qu'il reste du monde, et qu'il faut sauver.

Rivière poussa la porte du bureau de l'exploitation. Une seule lampe allumée créait dans un angle une plage claire. Le cliquetis d'une seule machine à écrire donnait un sens à ce silence, sans le combler. La sonnerie du téléphone tremblait parfois ; alors le secrétaire de garde se levait, et marchait vers cet appel répété, obstiné, triste. Le secrétaire de garde décrochait l'écouteur et l'angoisse invisible se calmait : c'était une conversation très douce dans un coin d'ombre. Puis, impassible, l'homme revenait à son bureau, le visage fermé par la solitude et le sommeil, sur un secret indéchiffrable. Quelle menace apporte un appel, qui vient de la nuit du dehors, lorsque deux courriers sont en vol ? Rivière pensait aux télégrammes qui touchent les familles sous les lampes du soir, puis au malheur qui, pendant des secondes presque éternelles, reste un secret dans le visage du père. Onde d'abord sans force, si loin du cri jeté, si calme. Et, chaque fois, il entendait son faible écho dans cette sonnerie discrète. Et, chaque fois, les mouvements de l'homme, que la solitude faisait lent comme un nageur entre deux eaux, revenant de l'ombre vers sa lampe, comme un plongeur remonte, lui paraissaient lourds de secrets.

– Restez. J'y vais.

Rivière décrocha l'écouteur, reçut le bourdonnement du monde.

– Ici, Rivière.

Un faible tumulte, puis une voix :

– Je vous passe le poste radio.

Un nouveau tumulte, celui des fiches dans le standard, puis une autre voix :

– Ici, le poste radio. Nous vous communiquons les télégrammes.

Rivière les notait et hochait la tête :

– Bien... Bien...

Rien d'important. Des messages réguliers de service. Rio-de-Janeiro demandait un renseignement, Montevideo parlait du temps, et Mendoza de matériel. C'étaient les bruits familiers de la maison.

– Et les courriers ?

– Le temps est orageux. Nous n'entendons pas les avions.

– Bien.

Rivière songea que la nuit ici était pure, les étoiles luisantes, mais les radiotélégraphistes découvraient en elle le souffle de lointains orages.

– À tout à l'heure.

Rivière se levait, le secrétaire l'aborda :

– Les notes de service, pour la signature, Monsieur...

– Bien...

Rivière se découvrait une grande amitié pour cet homme, que chargeait aussi le poids de la nuit. « Un camarade de combat, pensait Rivière. Il ne saura sans doute jamais combien cette veille nous unit. »

IX

Comme, une liasse de papiers dans les mains, il rejoignait son bureau personnel, Rivière ressentit cette vive douleur au côté droit qui, depuis quelques semaines, le tourmentait.

« Ça ne va pas... »

Il s'appuya une seconde contre le mur :

« C'est ridicule. »

Puis il atteignit son fauteuil.

Il se sentit, une fois de plus, ligoté comme un vieux lion, et une grande tristesse l'envahit.

« Tant de travail pour aboutir à ça ! J'ai cinquante ans ; cinquante ans j'ai rempli ma vie, je me suis formé, j'ai lutté, j'ai changé le cours des événements et voilà maintenant ce qui m'occupe et me remplit, et passe le monde en importance... C'est ridicule. »

Il attendit, essuya un peu de sueur, et, quand il

fut délivré, travailla.

Il compulsait lentement les notes.

« Nous avons constaté à Buenos-Aires, au cours du démontage du moteur 301... nous infligerons une sanction grave au responsable. »

Il signa.

« L'escale de Florianopolis n'ayant pas observé les instructions... »

Il signa.

« Nous déplacerons par mesure disciplinaire le chef d'aéroplace Richard qui... »

Il signa.

Puis comme cette douleur au côté, engourdie, mais présente en lui et nouvelle comme un sens nouveau de la vie, l'obligeait à penser à soi, il fut presque amer.

« Suis-je juste ou injuste ? Je l'ignore. Si je frappe, les pannes diminuent. Le responsable, ce n'est pas l'homme, c'est comme une puissance obscure que l'on ne touche jamais, si l'on ne touche pas tout le monde. Si j'étais très juste, un vol de nuit serait chaque fois une chance de mort. »

Il lui vint une certaine lassitude d'avoir tracé si durement cette route. Il pensa que la pitié est bonne. Il feuilletait toujours les notes, absorbé dans son rêve.

« ... quant à Roblet, à partir d'aujourd'hui, il ne fait plus partie de notre personnel. »

Il revit ce vieux bonhomme et la conversation du soir :

– Un exemple, que voulez-vous, c'est un exemple.

– Mais Monsieur... mais Monsieur... Une fois, une seule, pensez donc ! et j'ai travaillé toute ma vie !

– Il faut un exemple.

– Mais Monsieur !... Regardez, Monsieur !

Alors ce portefeuille usé et cette vieille feuille de journal où Roblet jeune pose debout près d'un avion.

Rivière voyait les vieilles mains trembler sur cette gloire naïve.

– Ça date de 1910, Monsieur... C'est moi qui ai

fait le montage, ici, du premier avion d'Argentine !
L'aviation depuis 1910... Monsieur, ça fait vingt
ans ! Alors, comment pouvez-vous dire... Et les
jeunes, Monsieur, comme ils vont rire à l'atelier !...
Ah ! Ils vont bien rire !

– Ça, ça m'est égal.

– Et mes enfants, Monsieur, j'ai des enfants !

– Je vous ai dit : je vous offre une place de
manœuvre.

– Ma dignité, Monsieur, ma dignité ! Voyons,
Monsieur, vingt ans d'aviation, un vieil ouvrier
comme moi...

– De manœuvre.

– Je refuse. Monsieur, je refuse !

Et les vieilles mains tremblaient, et Rivière
détournait les yeux de cette peau fripée, épaisse et
belle.

– De manœuvre.

– Non, Monsieur, non... je veux vous dire
encore...

– Vous pouvez vous retirer.

Rivière pensa : « Ce n'est pas lui que j'ai

congédié ainsi, brutalement, c'est le mal dont il n'était pas responsable, peut-être, mais qui passait par lui. »

« Parce que les événements, on les commande, pensait Rivière, et ils obéissent, et on crée. Et les hommes sont de pauvres choses, et on les crée aussi. Ou bien on les écarte lorsque le mal passe par eux. »

« Je vais vous dire encore... » Que voulait-il dire, ce pauvre vieux ! Qu'on lui arrachait ses vieilles joies ? Qu'il aimait le son des outils sur l'acier des avions, qu'on privait sa vie d'une grande poésie, et puis... qu'il faut vivre ?

« Je suis très las », pensait Rivière. La fièvre montait en lui, caressante. Il tapotait la feuille et pensait : « J'aimais bien le visage de ce vieux compagnon... » Et Rivière revoyait ces mains. Il pensait à ce faible mouvement qu'elles ébaucheraient pour se joindre. Il suffirait de dire : « Ça va. Ça va, Restez. » Rivière rêvait au ruissellement de joie qui descendait dans ces vieilles mains. Et cette joie que diraient, qu'allaient dire, non ce visage, mais ces vieilles mains d'ouvrier, lui parut la chose la plus belle du monde. « Je vais déchirer cette note ? » Et la famille du vieux, et cette rentrée le soir, et ce modeste orgueil :

« Alors, on te garde ?

« – Voyons ! Voyons ! C'est moi qui ai fait le montage du premier avion d'Argentine ! »

Et les jeunes qui ne riraient plus, ce prestige reconquis par l'ancien...

« Je déchire ? »

Le téléphone sonnait, Rivière le décrocha.

Un temps long, puis cette résonance, cette profondeur qu'apportaient le vent, l'espace aux voix humaines. Enfin on parla :

– Ici le terrain. Qui est là ?

– Rivière.

– Monsieur le Directeur, le 650 est en piste.

– Bien.

– Enfin, tout est prêt, mais nous avons dû, en dernière heure, refaire le circuit électrique, les connexions étaient défectueuses.

– Bien. Qui a monté le circuit ?

– Nous vérifierons. Si vous le permettez, nous prendrons des sanctions : une panne de lumière de bord, ça peut être grave !

– Bien sûr.

Rivière pensait : « Si l'on n'arrache pas le mal, quand on le rencontre, où qu'il soit, il y a des pannes de lumière : c'est un crime de le manquer quand par hasard il découvre ses instruments : Roblet partira. »

Le secrétaire, qui n'a rien vu, tape toujours.

– C'est ?

– La comptabilité de quinzaine.

– Pourquoi pas prête ?

– Je...

– On verra ça.

« C'est curieux comme les événements prennent le dessus, comme se révèle une grande force obscure, la même qui soulève les forêts vierges, qui croît, qui force, qui sourd de partout autour des grandes œuvres. » Rivière pensait à ces temples que de petites lianes font crouler.

« Une grande œuvre... »

Il pensa encore pour se rassurer : « Tous ces hommes, je les aime, mais ce n'est pas eux que je combats. C'est ce qui passe par eux... »

Son cœur battait des coups rapides, qui le faisaient souffrir.

« Je ne sais pas si ce que j'ai fait est bon. Je ne sais pas l'exacte valeur de la vie humaine, ni de la justice, ni du chagrin. Je ne sais pas exactement ce que vaut la joie d'un homme. Ni une main qui tremble. Ni la pitié, ni la douceur... »

Il rêva :

« La vie se contredit tant, on se débrouille comme on peut avec la vie... Mais durer, mais créer, échanger son corps périssable... »

Rivière réfléchit, puis sonna.

– Téléphonez au pilote du courrier d'Europe. Qu'il vienne me voir avant de partir.

Il pensait :

« Il ne faut pas que ce courrier fasse inutilement demi-tour. Si je ne secoue pas mes hommes, la nuit toujours les inquiétera. »

X

La femme du pilote, réveillée par le téléphone, regarda son mari et pensa :

– Je le laisse dormir encore un peu.

Elle admirait cette poitrine nue, bien carénée, elle pensait à un beau navire.

Il reposait dans ce lit calme, comme dans un port, et, pour que rien n'agitât son sommeil, elle effaçait du doigt ce pli, cette ombre, cette houle, elle apaisait ce lit, comme, d'un doigt divin, la mer.

Elle se leva, ouvrit la fenêtre, et reçut le vent dans le visage. Cette chambre dominait Buenos-Aires. Une maison voisine, où l'on dansait, répandait quelques mélodies, qu'apportait le vent, car c'était l'heure des plaisirs et du repos. Cette ville serrait les hommes dans ses cent mille forteresses ; tout était calme et sûr ; mais il semblait à cette femme que l'on allait crier : « Aux armes ! » et qu'un seul homme, le sien, se dresserait. Il reposait encore, mais son repos était le repos redoutable des réserves qui vont donner. Cette ville endormie ne le protégeait pas : ses lumières lui sembleraient vaines, lorsqu'il se lèverait, jeune dieu, de leur poussière. Elle regardait ces bras solides qui, dans une heure, porteraient le sort du courrier d'Europe, responsables de quelque chose de grand, comme du sort d'une ville. Et elle fut troublée. Cet homme, au milieu de ces millions d'hommes, était préparé seul pour cet étrange sacrifice. Elle en eut du chagrin. Il échappait aussi à sa douceur. Elle l'avait nourri, veillé et caressé, non pour elle-même, mais pour cette nuit qui allait le prendre. Pour des luttes, pour des angoisses, pour des victoires, dont elle ne connaîtrait rien. Ces mains tendres n'étaient qu'apprivoisées, et leurs vrais travaux étaient obscurs. Elle connaissait les sourires de cet homme, ses précautions d'amant, mais non, dans l'orage, ses divines colères. Elle le chargeait de tendres liens : de musique, d'amour, de fleurs ; mais, à l'heure de chaque départ, ces liens, sans qu'il en parût souffrir, tombaient.

Il ouvrit les yeux.

– Quelle heure est-il ?

– Minuit.

– Quel temps fait-il ?

– Je ne sais pas...

Il se leva. Il marchait lentement vers la fenêtre en s'étirant.

– Je n'aurai pas très froid. Quelle est la direction du vent ?

– Comment veux-tu que je sache...

Il se pencha :

– Sud. C'est très bien. Ça tient au moins jusqu'au Brésil.

Il remarqua la lune et se connut riche. Puis ses yeux descendirent sur la ville.

Il ne la jugea ni douce, ni lumineuse, ni chaude. Il voyait déjà s'écouler le sable vain de ses lumières.

– À quoi penses-tu ?

Il pensait à la brume possible du côté de Porto Allegre.

– J'ai ma tactique. Je sais par où faire le tour.

Il s'inclinait toujours. Il respirait profondément, comme avant de se jeter, nu, dans la mer.

– Tu n'es même pas triste... Pour combien de jours t'en vas-tu ?

Huit, dix jours. Il ne savait pas. Triste, non ; pourquoi ? Ces plaines, ces villes, ces montagnes... Il partait libre, lui semblait-il, à leur conquête. Il pensait aussi qu'avant une heure il posséderait et rejetterait Buenos-Aires.

Il sourit :

– Cette ville... j'en serai si vite loin. C'est beau de partir la nuit. On tire sur la manette des gaz, face au Sud, et dix secondes plus tard on renverse le paysage, face au Nord. La ville n'est plus qu'un fond de mer.

Elle pensait à tout ce qu'il faut rejeter pour conquérir.

– Tu n'aimes pas ta maison ?

– J'aime ma maison...

Mais déjà sa femme le savait en marche. Ces larges épaules pesaient déjà contre le ciel.

Elle le lui montra.

– Tu as beau temps, ta route est pavée d'étoiles.

Il rit :

– Oui.

Elle posa la main sur cette épaule et s'émut de la sentir tiède : cette chair était donc menacée ?...

– Tu es très fort, mais sois prudent !

– Prudent, bien sûr...

Il rit encore.

Il s'habillait. Pour cette fête, il choisissait les étoffes les plus rudes, les cuirs les plus lourds, il s'habillait comme un paysan. Plus il devenait lourd, plus elle l'admirait. Elle-même bouclait cette ceinture, tirait ces bottes.

– Ces bottes me gênent.

– Voilà les autres.

– Cherche-moi un cordon pour ma lampe de secours.

Elle le regardait. Elle réparait elle-même le dernier défaut dans l'armure : tout s'ajustait bien.

– Tu es très beau.

Elle l'aperçut qui se peignait soigneusement.

– C'est pour les étoiles ?

– C'est pour ne pas me sentir vieux.

– Je suis jalouse...

Il rit encore, et l'embrassa, et la serra contre ses pesants vêtements. Puis il la souleva à bras tendus, comme on soulève une petite fille, et, riant toujours, la coucha :

– Dors !

Et fermant la porte derrière lui, il fit dans la rue, au milieu de l'inconnaissable peuple nocturne, le premier pas de sa conquête.

Elle restait là. Elle regardait, triste, ces fleurs, ces livres, cette douceur, qui n'étaient pour lui qu'un fond de mer.

XI

Rivière le reçoit :

– Vous m'avez fait une blague, à votre dernier courrier. Vous m'avez fait demi-tour quand les météos étaient bonnes : vous pouviez passer. Vous avez eu peur ?

Le pilote surpris se tait. Il frotte l'une contre l'autre, lentement, ses mains. Puis il redresse la tête, et regarde Rivière bien en face :

– Oui.

Rivière a pitié, au fond de lui-même, de ce garçon si courageux qui a eu peur. Le pilote tente de s'excuser.

– Je ne voyais plus rien. Bien sûr, plus loin... peut-être... la T.S.F. disait... Mais ma lampe de bord a faibli, et je ne voyais plus mes mains. J'ai voulu allumer ma lampe de position pour au moins voir l'aile : je n'ai rien vu. Je me sentais au fond d'un grand trou dont il était difficile de remonter. Alors mon moteur s'est mis à vibrer...

– Non.

– Non ?

– Non. Nous l'avons examiné depuis. Il est parfait. Mais on croit toujours qu'un moteur vibre quand on a peur.

– Qui n'aurait pas eu peur ! Les montagnes me dominaient. Quand j'ai voulu prendre de l'altitude, j'ai rencontré de forts remous. Vous savez quand on ne voit rien... les remous... Au lieu de monter, j'ai perdu cent mètres. Je ne voyais même plus le gyroscope, même plus les manomètres. Il me semblait que mon moteur baissait de régime, qu'il chauffait, que la pression d'huile tombait... Tout ça dans l'ombre, comme une maladie. J'ai été bien content de revoir une ville éclairée.

– Vous avez trop d'imagination. Allez.

Et le pilote sort.

Rivière s'enfonce dans son fauteuil et passe la main dans ses cheveux gris.

« C'est le plus courageux de mes hommes. Ce qu'il a réussi ce soir-là est très beau, mais je le sauve de la peur... »

Puis, comme une tentation de faiblesse lui revenait :

« Pour se faire aimer, il suffit de plaindre. Je ne plains guère ou je le cache. J'aimerais bien pourtant m'entourer de l'amitié et de la douceur humaines. Un médecin, dans son métier, les rencontre. Mais ce sont les événements que je sers. Il faut que je forge les hommes pour qu'ils les servent. Comme je la sens bien cette loi obscure, le soir, dans mon bureau, devant les feuilles de route. Si je me laisse aller, si je laisse les événements bien réglés suivre leur cours, alors, mystérieux, naissent les incidents. Comme si ma volonté seule empêchait l'avion de se rompre en vol, ou la tempête de retarder le courrier en marche. Je suis surpris, parfois, de mon pouvoir. »

Il réfléchit encore :

« C'est peut-être clair. Ainsi la lutte perpétuelle du jardinier sur sa pelouse. Le poids de sa simple main repousse dans la terre, qui la prépare éternellement, la forêt primitive. »

Il pense au pilote :

« Je le sauve de la peur. Ce n'est pas lui que j'attaquais, c'est, à travers lui, cette résistance qui paralyse les hommes devant l'inconnu. Si je l'écoute, si je le plains, si je prends au sérieux son aventure, il croira revenir d'un pays de mystère, et c'est du mystère seul que l'on a peur. Il faut que des hommes soient descendus dans ce puits sombre, et en remontent, et disent qu'ils n'ont rien rencontré. Il faut que cet homme descende au cœur le plus intime de la nuit, dans son épaisseur, et sans même cette petite lampe de mineur, qui n'éclaire que les mains ou l'aile, mais écarte d'une largeur d'épaules l'inconnu. »

Pourtant, dans cette lutte, une silencieuse fraternité liait, au fond d'eux-mêmes, Rivière et ses pilotes. C'étaient des hommes du même bord, qui éprouvaient le même désir de vaincre. Mais Rivière se souvient des autres batailles qu'il a livrées pour la conquête de la nuit.

On redoutait, dans les cercles officiels, comme une brousse inexplorée, ce territoire sombre. Lancer un équipage, à deux cents kilomètres à l'heure, vers les orages et les brumes et les obstacles matériels que la nuit contient sans les montrer, leur paraissait une aventure tolérable pour l'aviation militaire : on quitte un terrain par nuit claire, on bombarde, on revient au même terrain. Mais les services réguliers échoueraient la nuit. « C'est pour nous, avait répliqué Rivière, une question de vie ou de mort, puisque nous perdons, chaque nuit, l'avance gagnée, pendant le jour, sur les chemins de fer et les navires. »

Rivière avait écouté, avec ennui, parler de bilans, d'assurances, et surtout d'opinion publique : « L'opinion publique, ripostait-il... on la gouverne ! » Il pensait : « Que de temps perdu ! Il y a quelque chose... quelque chose qui prime tout cela. Ce qui est vivant bouscule tout pour vivre et crée, pour vivre, ses propres lois. C'est irrésistible. » Rivière ne savait pas quand ni comment l'aviation commerciale aborderait les vols de nuit, mais il fallait préparer cette solution inévitable.

Il se souvient des tapis verts, devant lesquels, le menton au poing, il avait écouté, avec un étrange sentiment de force, tant d'objections. Elles lui semblaient vaines, condamnées d'avance par la vie. Et il sentait sa propre force ramassée en lui comme un poids : « Mes raisons pèsent, je vaincrai, pensait Rivière. C'est la pente naturelle des événements. » Quand on lui réclamait des solutions parfaites, qui écarteraient tous les risques : « C'est l'expérience qui dégagera les lois, répondait-il, la connaissance des lois ne précède jamais l'expérience. »

Après une longue année de lutte, Rivière l'avait emporté. Les uns disaient : « À cause de sa foi », les autres : « À cause de sa ténacité, de sa puissance d'ours en marche », mais, selon lui, plus simplement, parce qu'il pesait dans la bonne direction.

Mais quelles précautions au début ! Les avions ne partaient qu'une heure avant le jour, n'atterrissaient qu'une heure après le coucher du soleil. Quand Rivière se jugea plus sûr de son expérience, alors seulement il osa pousser les courriers dans les profondeurs de la nuit. À peine suivi, presque désavoué, il menait maintenant une lutte solitaire.

Rivière sonne pour connaître les derniers messages des avions en vol.

XII

Cependant, le courrier de Patagonie abordait l'orage, et Fabien renonçait à le contourner. Il l'estimait trop étendu, car la ligne d'éclairs s'enfonçait vers l'intérieur du pays et révélait des forteresses de nuages. Il tenterait de passer par-dessous, et, si l'affaire se présentait mal, se résoudrait au demi-tour.

Il lut son altitude : mille sept cents mètres. Il pesa des paumes sur les commandes pour commencer à la réduire. Le moteur vibra très fort et l'avion trembla. Fabien corrigea, au jugé, l'angle de descente, puis, sur la carte, vérifia la hauteur des collines : cinq cents mètres. Pour se conserver une marge, il naviguerait vers sept cents.

Il sacrifiait son altitude comme on joue une fortune.

Un remous fit plonger l'avion, qui trembla plus fort. Fabien se sentit menacé par d'invisibles éboulements. Il rêva qu'il faisait demi-tour et retrouvait cent mille étoiles, mais il ne vira pas d'un degré.

Fabien calculait ses chances : il s'agissait d'un orage local, probablement, puisque Trelew, la prochaine escale, signalait un ciel trois quarts couvert. Il s'agissait de vivre vingt minutes à peine dans ce béton noir. Et pourtant le pilote s'inquiétait. Penché à gauche contre la masse du vent, il essayait d'interpréter les lueurs confuses qui, par les nuits les plus épaisses, circulent encore. Mais ce n'était même plus des lueurs. À peine des changements de densité, dans l'épaisseur des ombres, ou une fatigue des yeux.

Il déplia un papier du radio :

« Où sommes-nous ? »

Fabien eût donné cher pour le savoir. Il répondit : « Je ne sais pas. Nous traversons, à la boussole, un orage. »

Il se pencha encore. Il était gêné par la flamme de l'échappement, accrochée au moteur comme un bouquet de feu, si pâle que le clair de lune l'eût éteinte, mais qui, dans ce néant, absorbait le monde visible. Il la regarda. Elle était tressée drue par le vent comme la flamme d'une torche.

Chaque trente secondes, pour vérifier le gyroscope et le compas, Fabien plongeait sa tête dans la carlingue. Il n'osait plus allumer les faibles lampes rouges, qui l'éblouissaient pour longtemps, mais tous les instruments aux chiffres de radium versaient une clarté pâle d'astres. Là, au milieu d'aiguilles et de chiffres, le pilote éprouvait une sécurité trompeuse : celle de la cabine du navire sur laquelle passe le flot. La nuit, et tout ce qu'elle portait de rocs, d'épaves, de collines, coulait aussi contre l'avion avec la même étonnante fatalité.

« Où sommes-nous ? » lui répétait l'opérateur.

Fabien émergeait de nouveau, et reprenait, appuyé à gauche, sa veille terrible. Il ne savait plus combien de temps, combien d'efforts le délivreraient de ses liens sombres. Il doutait presque d'en être jamais délivré, car il jouait sa vie sur ce petit papier, sale et chiffonné, qu'il avait déplié et lu mille fois, pour bien nourrir son espérance : « Trelew : ciel trois quarts couvert, vent Ouest faible. » Si Trelew était trois quarts couvert, on apercevrait ses lumières dans la déchirure des nuages. À moins que...

La pâle clarté promise plus loin l'engageait à poursuivre ; pourtant, comme il doutait, il griffonna pour le radio : « J'ignore si je pourrai passer. Sachez-moi s'il fait toujours beau en arrière. »

La réponse le consterna :

« Commodoro signale : Retour ici impossible. Tempête. »

Il commençait à deviner l'offensive insolite qui, de la Cordillère des Andes, se rabattait vers la mer. Avant qu'il eût pu les atteindre, le cyclone raflerait les villes.

« Demandez le temps de San Antonio.

– San Antonio a répondu : vent Ouest se lève et tempête à l'Ouest. Ciel quatre quarts couvert. San Antonio entend très mal à cause des parasites. J'entends mal aussi. Je crois être obligé de remonter bientôt l'antenne à cause des décharges. Ferez-vous demi-tour ? Quels sont vos projets ?

– Foutez-moi la paix. Demandez le temps de

Bahia Blanca. »

« Bahia Blanca a répondu : prévoyons avant vingt minutes violent orage Ouest sur Bahia Blanca.

– Demandez le temps de Trelew. »

– Trelew a répondu : ouragan trente mètres seconde Ouest et rafales de pluie.

– Communiquez à Buenos-Aires : « Sommes bouchés de tous les côtés, tempête se développe sur mille kilomètres, ne voyons plus rien. Que devons-nous faire ? »

Pour le pilote, cette nuit était sans rivage puisqu'elle ne conduisait ni vers un port (ils semblaient tous inaccessibles), ni vers l'aube : l'essence manquerait dans une heure quarante. Puisque l'on serait obligé, tôt ou tard, de couler en aveugle, dans cette épaisseur.

S'il avait pu gagner le jour...

Fabien pensait à l'aube comme à une plage de sable doré où l'on se serait échoué après cette nuit dure. Sous l'avion menacé serait né le rivage des plaines. La terre tranquille aurait porté ses fermes endormies et ses troupeaux et ses collines. Toutes les épaves qui roulaient dans l'ombre seraient devenues inoffensives. S'il pouvait, comme il nagerait vers le jour !

Il pensa qu'il était cerné. Tout se résoudrait, bien ou mal, dans cette épaisseur.

C'est vrai. Il a cru quelquefois, quand montait le jour, entrer en convalescence.

Mais à quoi bon fixer les yeux sur l'Est, où vivait le soleil : il y avait entre eux une telle profondeur de nuit qu'on ne la remonterait pas.

XIII

– Le courrier d'Asuncion marche bien. Nous l'aurons vers deux heures. Nous prévoyons par contre un retard important du courrier de Patagonie qui paraît en difficulté.

– Bien, monsieur Rivière.

– Il est possible que nous ne l'attendions pas pour faire décoller l'avion d'Europe : dès l'arrivée d'Asuncion, vous nous demanderez des instructions. Tenez-vous prêt.

Rivière relisait maintenant les télégrammes de protection des escales Nord. Ils ouvraient au courrier d'Europe une route de lune : « Ciel pur, pleine lune, vent nul. » Les montagnes du Brésil, bien découpées sur le rayonnement du ciel, plongeaient droit, dans les remous d'argent de la mer, leur chevelure serrée de forêts noires. Ces forêts sur lesquelles pleuvent, inlassablement, sans les colorer, les rayons de lune. Et noires aussi comme des épaves, en mer, les îles. Et cette lune, sur toute la route, inépuisable : une fontaine de lumière.

Si Rivière ordonnait le départ, l'équipage du courrier d'Europe entrerait dans un monde stable qui, pour toute la nuit, luisait doucement. Un monde où rien ne menaçait l'équilibre des masses d'ombres et de lumière. Où ne s'infiltrait même pas la caresse de ces vents purs, qui, s'ils fraîchissent, peuvent gâter en quelques heures un ciel entier.

Mais Rivière hésitait, en face de ce rayonnement, comme un prospecteur en face de champs d'or interdits. Les événements, dans le Sud, donnaient tort à Rivière, seul défenseur des vols de nuit. Ses adversaires tireraient d'un désastre en Patagonie une position morale si forte, que peut-être la foi de Rivière resterait désormais impuissante ; car la foi de Rivière n'était pas ébranlée : une fissure dans son œuvre avait permis le drame, mais le drame montrait la fissure, il ne prouvait rien d'autre. « Peut-être des postes d'observation sont-ils nécessaires à l'Ouest... On verra ça. » Il pensait encore : « J'ai les mêmes raisons solides d'insister, et une cause de moins d'accident possible : celle qui s'est montrée. » Les échecs fortifient les forts. Malheureusement, contre les hommes on joue un jeu, où compte si peu le vrai sens des choses. L'on gagne ou l'on perd sur des apparences, on marque des points misérables. Et l'on se trouve ligoté par une apparence de défaite.

Rivière sonna.

– Bahia Blanca ne nous communique toujours rien par T.S.F. ?

– Non.

– Appelez-moi l'escale au téléphone.

Cinq minutes plus tard, il s'informait :

– Pourquoi ne nous passez-vous rien ?

– Nous n'entendons pas le courrier.

– Il se tait ?

– Nous ne savons pas. Trop d'orages. Même s'il manipulait nous n'entendrions pas.

– Trelew entend-il ?

– Nous n'entendons pas Trelew.

– Téléphonez.

– Nous avons essayé : la ligne est coupée.

– Quel temps chez vous ?

– Menaçant. Des éclairs à l'Ouest et au Sud. Très lourd.

– Du vent ?

– Faible encore, mais pour dix minutes. Les éclairs se rapprochent vite.

Un silence.

– Bahia Blanca ? Vous écoutez ? Bon. Rappelez-nous dans dix minutes.

Et Rivière feuilleta les télégrammes des escales Sud. Toutes signalaient le même silence de l'avion. Quelques-unes ne répondaient plus à Buenos-Aires, et, sur la carte, s'agrandissait la tache des provinces muettes, où les petites villes subissaient déjà le cyclone, toutes portes closes, et chaque maison de leurs rues sans lumière aussi retranchée du monde et perdue dans la nuit qu'un navire. L'aube seule les délivrerait.

Pourtant Rivière, incliné sur la carte, conservait encore l'espoir de découvrir un refuge de ciel pur, car il avait demandé, par télégrammes, l'état du ciel à la police de plus de trente villes de province, et les réponses commençaient à lui parvenir. Sur deux mille kilomètres les postes radio avaient ordre, si l'un d'eux accrochait un appel de l'avion, d'avertir dans les trente secondes Buenos-Aires, qui lui communiquerait, pour la faire transmettre à Fabien, la position du refuge.

Les secrétaires, convoqués pour une heure du matin, avaient regagné leurs bureaux. Ils apprenaient là, mystérieusement, que, peut-être, on suspendrait les vols de nuit, et que le courrier d'Europe lui-même ne décollerait plus qu'au jour. Ils parlaient à voix basse de Fabien, du cyclone, de Rivière surtout. Ils le devinaient là, tout proche, écrasé peu à peu par ce démenti naturel.

Mais toutes les voix s'éteignirent : Rivière, à sa porte, venait d'apparaître, serré dans son manteau, le chapeau toujours sur les yeux, éternel voyageur. Il fit un pas tranquille vers le chef de bureau :

– Il est une heure dix, les papiers du courrier d'Europe sont-ils en règle ?

– Je... j'ai cru...

– Vous n'avez pas à croire, mais à exécuter.

Il fit demi-tour, lentement, vers une fenêtre ouverte, les mains croisées derrière le dos.

Un secrétaire le rejoignit :

– Monsieur le Directeur, nous obtiendrons peu de réponses. On nous signale que, dans l'intérieur, beaucoup de lignes télégraphiques sont déjà détruites...

– Bien.

Rivière, immobile, regardait la nuit.

Ainsi, chaque message menaçait le courrier. Chaque ville, quand elle pouvait répondre, avant la destruction des lignes, signalait la marche du cyclone, comme celle d'une invasion. « Ça vient de l'intérieur, de la Cordillère. Ça balaie toute la route, vers la mer... »

Rivière jugeait les étoiles trop luisantes, l'air trop humide. Quelle nuit étrange ! Elle se gâtait brusquement par plaques, comme la chair d'un fruit lumineux. Les étoiles au grand complet dominaient encore Buenos-Aires, mais ce n'était là qu'une oasis, et d'un instant. Un port, d'ailleurs, hors du rayon d'action de l'équipage. Nuit menaçante qu'un vent mauvais touchait et pourrissait. Nuit difficile à vaincre.

Un avion, quelque part, était en péril dans ses profondeurs : on s'agitait, impuissant, sur le bord.

XIV

La femme de Fabien téléphona.

La nuit de chaque retour elle calculait la marche du courrier de Patagonie : « Il décolle de Trelew... » Puis se rendormait. Un peu plus tard : « Il doit approcher de San Antonio, il doit voir ses lumières... » Alors elle se levait, écartait les rideaux, et jugeait le ciel : « Tous ces nuages le gênent... » Parfois la lune se promenait comme un berger. Alors la jeune femme se recouchait, rassurée par cette lune et ces étoiles, ces milliers de présences autour de son mari. Vers une heure, elle le sentait proche : « Il ne doit plus être bien loin, il doit voir Buenos-Aires... » Alors elle se levait encore, et lui préparait un repas, un café bien chaud : « Il fait si froid, là-haut... » Elle le recevait toujours, comme s'il descendait d'un sommet de neige : « Tu n'as pas froid ? – Mais non ! – Réchauffe-toi quand même... » Vers une heure et quart tout était prêt. Alors elle téléphonait.

93

Cette nuit, comme les autres, elle s'informa :

– Fabien a-t-il atterri ?

Le secrétaire qui l'écoutait se troubla un peu :

– Qui parle ?

– Simone Fabien.

– Ah ! une minute...

Le secrétaire, n'osant rien dire, passa l'écouteur au chef de bureau.

– Qui est là ?

– Simone Fabien.

– Ah !... que désirez-vous, Madame ?

– Mon mari a-t-il atterri ?

Il y eut un silence qui dut paraître inexplicable, puis on répondit simplement :

– Non.

– Il a du retard ?

– Oui...

Il y eut un nouveau silence.

– Oui... du retard.

– Ah !...

C'était un « Ah ! » de chair blessée. Un retard ce n'est rien... ce n'est rien... mais quand il se prolonge...

– Ah !... Et à quelle heure sera-t-il ici ?

– À quelle heure il sera ici ? Nous... Nous ne savons pas.

Elle se heurtait maintenant à un mur. Elle n'obtenait que l'écho même de ses questions.

– Je vous en prie, répondez-moi ! Où se trouve-t-il ?...

– Où il se trouve ? Attendez...

Cette inertie lui faisait mal. Il se passait quelque chose, là, derrière ce mur.

On se décida :

– Il a décollé de Commodoro à dix-neuf heures trente.

– Et depuis ?

– Depuis ?... Très retardé... Très retardé par le mauvais temps...

– Ah ! Le mauvais temps...

Quelle injustice, quelle fourberie dans cette

lune étalée là, oisive, sur Buenos-Aires ! La jeune femme se rappela soudain qu'il fallait deux heures à peine pour se rendre de Commodoro à Trelew.

– Et il vole depuis six heures vers Trelew ! Mais il vous envoie des messages ! Mais que dit-il ?...

– Ce qu'il nous dit ? Naturellement par un temps pareil... vous comprenez bien... ses messages ne s'entendent pas.

– Un temps pareil !

– Alors, c'est convenu, Madame, nous vous téléphonons dès que nous savons quelque chose.

– Ah ! vous ne savez rien...

– Au revoir, Madame...

– Non ! non ! Je veux parler au Directeur !

– Monsieur le Directeur est très occupé, Madame, il est en conférence...

– Ah ! ça m'est égal ! Ça m'est bien égal ! Je veux lui parler !

Le chef de bureau s'épongea :

– Une minute...

Il poussa la porte de Rivière :

– C'est madame Fabien qui veut vous parler.

« Voilà, pensa Rivière, voilà ce que je craignais. » Les éléments affectifs du drame commençaient à se montrer. Il pensa d'abord les récuser : les mères et les femmes n'entrent pas dans les salles d'opération. On fait taire l'émotion aussi sur les navires en danger. Elle n'aide pas à sauver les hommes. Il accepta pourtant :

– Branchez sur mon bureau.

Il écouta cette petite voix lointaine, tremblante, et tout de suite il sut qu'il ne pourrait pas lui répondre. Ce serait stérile, infiniment, pour tous les deux, de s'affronter.

– Madame, je vous en prie, calmez-vous ! Il est si fréquent, dans notre métier, d'attendre longtemps des nouvelles.

Il était parvenu à cette frontière où se pose, non le problème d'une petite détresse particulière, mais celui-là même de l'action. En face de Rivière se dressait, non la femme de Fabien, mais un autre sens de la vie. Rivière ne pouvait qu'écouter, que plaindre cette petite voix, ce chant tellement triste, mais ennemi. Car ni l'action, ni le bonheur individuel n'admettent le partage : ils sont en conflit. Cette femme parlait elle aussi au nom d'un monde absolu et de ses devoirs et de ses droits. Celui d'une clarté de lampe sur la table du soir, d'une chair qui réclamait sa chair, d'une patrie d'espoirs, de tendresses, de souvenirs. Elle exigeait son bien et elle avait raison. Et lui aussi, Rivière, avait raison, mais il ne pouvait rien opposer à la vérité de cette femme. Il découvrait sa propre vérité, à la lumière d'une humble lampe domestique, inexprimable et inhumaine.

– Madame...

Elle n'écoutait plus. Elle était retombée, presque à ses pieds, lui semblait-il, ayant usé ses faibles poings contre le mur.

Un ingénieur avait dit un jour à Rivière, comme ils se penchaient sur un blessé, auprès d'un pont en construction : « Ce pont vaut-il le prix d'un visage écrasé ? » Pas un des paysans, à qui cette route était ouverte, n'eût accepté, pour s'épargner un détour par le pont suivant, de mutiler ce visage effroyable. Et pourtant l'on bâtit des ponts. L'ingénieur avait ajouté : « L'intérêt général est formé des intérêts particuliers : il ne justifie rien de plus. » – « Et pourtant, lui avait répondu plus tard Rivière, si la vie humaine n'a pas de prix, nous agissons toujours comme si quelque chose dépassait, en valeur, la vie humaine... Mais quoi ? »

Et Rivière, songeant à l'équipage, eut le cœur serré. L'action, même celle de construire un pont, brise des bonheurs ; Rivière ne pouvait plus ne pas se demander « au nom de quoi ? »

« Ces hommes, pensait-il, qui vont peut-être disparaître, auraient pu vivre heureux. » Il voyait des visages penchés dans le sanctuaire d'or des lampes du soir. « Au nom de quoi les en ai-je tirés ? » Au nom de quoi les a-t-il arrachés au bonheur individuel ? La première loi n'est-elle pas de protéger ces bonheurs-là ? Mais lui-même les brise. Et pourtant un jour, fatalement, s'évanouissent, comme des mirages, les sanctuaires d'or. La vieillesse et la mort les détruisent, plus impitoyables que lui-même. Il existe peut-être quelque chose d'autre à sauver et de plus durable ; peut-être est-ce à sauver cette part-là de l'homme que Rivière travaille ? Sinon l'action ne se justifie pas.

« Aimer, aimer seulement, quelle impasse ! »
Rivière eut l'obscur sentiment d'un devoir plus
grand que celui d'aimer. Ou bien il s'agissait aussi
d'une tendresse, mais si différente des autres. Une
phrase lui revint : « Il s'agit de les rendre
éternels... » Où avait-il lu cela ? « Ce que vous
poursuivez en vous-même meurt. » Il revit un
temple au dieu du soleil des anciens Incas du
Pérou. Ces pierres droites sur la montagne. Que
resterait-il, sans elles, d'une civilisation puissante,
qui pesait, du poids de ses pierres, sur l'homme
d'aujourd'hui, comme un remords ? « Au nom de
quelle dureté, ou de quel étrange amour, le
conducteur de peuples d'autrefois, contraignant
ses foules à tirer ce temple sur la montagne, leur
imposa-t-il donc de dresser leur éternité ? »
Rivière revit encore en songe les foules des petites
villes, qui tournent le soir autour de leur kiosque à
musique. « Cette sorte de bonheur, ce harnais... »
pensa-t-il. Le conducteur de peuples d'autrefois,
s'il n'eut peut-être pas pitié de la souffrance de
l'homme, eut pitié, immensément, de sa mort.

Non de sa mort individuelle, mais pitié de l'espèce qu'effacera la mer de sable. Et il menait son peuple dresser au moins des pierres, que n'ensevelirait pas le désert.

XV

Ce papier plié en quatre le sauverait peut-être : Fabien le dépliait, les dents serrées.

« Impossible de s'entendre avec Buenos-Aires. Je ne puis même plus manipuler, je reçois des étincelles dans les doigts. »

Fabien, irrité, voulut répondre, mais quand ses mains lâchèrent les commandes pour écrire, une sorte de houle puissante pénétra son corps : les remous le soulevaient, dans ses cinq tonnes de métal, et le basculaient. Il y renonça.

Ses mains, de nouveau, se fermèrent sur la houle, et la réduisirent.

Fabien respira fortement. Si le radio remontait l'antenne par peur de l'orage, Fabien lui casserait la figure à l'arrivée. Il fallait, à tout prix, entrer en contact avec Buenos-Aires, comme si, à plus de quinze cents kilomètres, on pouvait leur lancer une corde dans cet abîme. À défaut d'une tremblante lumière, d'une lampe d'auberge presque inutile, mais qui eût prouvé la terre comme un phare, il lui fallait au moins une voix, une seule, venue d'un monde qui déjà n'existait plus. Le pilote éleva et balança le poing dans sa lumière rouge, pour faire comprendre à l'autre, en arrière, cette tragique vérité, mais l'autre, penché sur l'espace dévasté, aux villes ensevelies, aux lumières mortes, ne la connut pas.

Fabien aurait suivi tous les conseils, pourvu qu'ils lui fussent criés. Il pensait : « Et si l'on me dit de tourner en rond, je tourne en rond, et si l'on me dit de marcher plein Sud... » Elles existaient quelque part ces terres en paix, douces sous leurs grandes ombres de lune. Ces camarades, là-bas, les connaissaient, instruits comme des savants, penchés sur des cartes, tout-puissants, à l'abri de lampes belles comme des fleurs. Que savait-il, lui, hors des remous et de la nuit qui poussait contre lui, à la vitesse d'un éboulement, son torrent noir ? On ne pouvait abandonner deux hommes parmi ces trombes et ces flammes dans les nuages. On ne pouvait pas. On ordonnerait à Fabien : « Cap au deux cent quarante... » Il mettrait le cap au deux cent quarante. Mais il était seul.

Il lui parut que la matière aussi se révoltait. Le moteur, à chaque plongée, vibrait si fort que toute la masse de l'avion était prise d'un tremblement comme de colère. Fabien usait ses forces à dominer l'avion, la tête enfoncée dans la carlingue, face à l'horizon gyroscopique, car, au dehors, il ne distinguait plus la masse du ciel de celle de la terre, perdu dans une ombre où tout se mêlait, une ombre d'origine des mondes. Mais les aiguilles des indicateurs de position oscillaient de plus en plus vite, devenaient difficiles à suivre. Déjà le pilote, qu'elles trompaient, se débattait mal, perdait son altitude, s'enlisait peu à peu dans cette ombre. Il lut sa hauteur : « Cinq cents mètres ». C'était le niveau des collines. Il les sentit rouler vers lui leurs vagues vertigineuses. Il comprenait aussi que toutes les masses du sol, dont la moindre l'eût écrasé, étaient comme arrachées de leur support, déboulonnées, et commençaient à tourner, ivres, autour de lui. Et commençaient, autour de lui, une sorte de danse profonde et qui le serrait de plus en plus.

Il en prit son parti. Au risque d'emboutir, il atterrirait n'importe où. Et, pour éviter au moins les collines, il lâcha son unique fusée éclairante. La fusée s'enflamma, tournoya, illumina une plaine et s'y éteignit : c'était la mer.

Il pensa très vite : « Perdu. Quarante degrés de correction, j'ai dérivé quand même. C'est un cyclone. Où est la terre ? » Il virait plein Ouest. Il pensa : « Sans fusée maintenant, je me tue. » Cela devait arriver un jour. Et son camarade, là, derrière... « Il a remonté l'antenne, sûrement. » Mais le pilote ne lui en voulait plus. Si lui-même ouvrait simplement les mains, leur vie s'en écoulerait aussitôt, comme une poussière vaine. Il tenait dans ses mains le cœur battant de son camarade et le sien. Et soudain ses mains l'effrayèrent.

Dans ces remous en coups de bélier, pour amortir les secousses du volant, sinon elles eussent scié les câbles de commandes, il s'était cramponné à lui, de toutes ses forces. Il s'y cramponnait toujours. Et voici qu'il ne sentait plus ses mains endormies par l'effort. Il voulut remuer les doigts pour en recevoir un message : il ne sut pas s'il était obéi. Quelque chose d'étranger terminait ses bras. Des baudruches insensibles et molles. Il pensa : « Il faut m'imaginer fortement que je serre... » Il ne sut pas si la pensée atteignait ses mains. Et comme il percevait les secousses du volant aux seules douleurs des épaules : « Il m'échappera. Mes mains s'ouvriront... » Mais s'effraya de s'être permis de tels mots, car il crut sentir ses mains, cette fois, obéir à l'obscure puissance de l'image, s'ouvrir lentement, dans l'ombre, pour le livrer.

Il aurait pu lutter encore, tenter sa chance : il n'y a pas de fatalité extérieure. Mais il y a une fatalité intérieure : vient une minute où l'on se découvre vulnérable ; alors les fautes vous attirent comme un vertige.

Et c'est à cette minute que luirent sur sa tête, dans une déchirure de la tempête, comme un appât mortel au fond d'une nasse, quelques étoiles.

Il jugea bien que c'était un piège : on voit trois étoiles dans un trou, on monte vers elles, ensuite on ne peut plus descendre, on reste là à mordre les étoiles...

Mais sa faim de lumière était telle qu'il monta.

XVI

Il monta, en corrigeant mieux les remous, grâce aux repères qu'offraient les étoiles. Leur aimant pâle l'attirait. Il avait peiné si longtemps, à la poursuite d'une lumière, qu'il n'aurait plus lâché la plus confuse. Riche d'une lueur d'auberge, il aurait tourné jusqu'à la mort, autour de ce signe dont il avait faim. Et voici qu'il montait vers des champs de lumière.

Il s'élevait peu à peu, en spirale, dans le puits qui s'était ouvert, et se refermait au-dessous de lui. Et les nuages perdaient, à mesure qu'il montait, leur boue d'ombre, ils passaient contre lui, comme des vagues de plus en plus pures et blanches. Fabien émergea.

Sa surprise fut extrême : la clarté était telle qu'elle l'éblouissait. Il dut, quelques secondes, fermer les yeux. Il n'aurait jamais cru que les nuages, la nuit, pussent éblouir. Mais la pleine lune et toutes les constellations les changeaient en vagues rayonnantes.

L'avion avait gagné d'un seul coup, à la seconde même où il émergeait, un calme qui semblait extraordinaire. Pas une houle ne l'inclinait. Comme une barque qui passe la digue, il entrait dans les eaux réservées. Il était pris dans une part de ciel inconnue et cachée comme la baie des îles bienheureuses. La tempête, au-dessous de lui, formait un autre monde de trois mille mètres d'épaisseur, parcouru de rafales, de trombes d'eau, d'éclairs, mais elle tournait vers les astres une face de cristal et de neige.

Fabien pensait avoir gagné des limbes étranges, car tout devenait lumineux, ses mains, ses vêtements, ses ailes. Car la lumière ne descendait pas des astres, mais elle se dégageait, au-dessous de lui, autour de lui, de ces provisions blanches.

Ces nuages, au-dessous de lui, renvoyaient toute la neige qu'ils recevaient de la lune. Ceux de droite et de gauche aussi, hauts comme des tours. Il circulait un lait de lumière, dans lequel baignait l'équipage. Fabien, se retournant, vit que le radio souriait.

– Ça va mieux ! criait-il.

Mais la voix se perdait dans le bruit du vol, seuls communiquaient les sourires. « Je suis tout à fait fou, pensait Fabien, de sourire : nous sommes perdus. »

Pourtant, mille bras obscurs l'avaient lâché. On avait dénoué ses liens, comme ceux d'un prisonnier qu'on laisse marcher seul, un temps, parmi les fleurs.

« Trop beau », pensait Fabien. Il errait parmi des étoiles accumulées avec la densité d'un trésor, dans un monde où rien d'autre, absolument rien d'autre que lui, Fabien, et son camarade, n'était vivant. Pareils à ces voleurs des villes fabuleuses, murés dans la chambre aux trésors dont ils ne sauront plus sortir. Parmi des pierreries glacées, ils errent, infiniment riches, mais condamnés.

XVII

Un des radiotélégraphistes de Commodoro Rivadavia, escale de Patagonie, fit un geste brusque, et tous ceux qui veillaient, impuissants, dans le poste, se ramassèrent autour de cet homme, et se penchèrent.

Ils se penchaient sur un papier vierge et durement éclairé. La main de l'opérateur hésitait encore, et le crayon se balançait. La main de l'opérateur tenait encore les lettres prisonnières, mais déjà les doigts tremblaient.

– Orages ?

Le radio fit « oui » de la tête. Leur grésillement l'empêchait de comprendre.

Puis il nota quelques signes indéchiffrables. Puis des mots. Puis on put rétablir le texte :

« Bloqués à trois mille huit au-dessus de la tempête. Naviguons plein Ouest vers l'intérieur, car étions dérivés en mer. Au-dessous de nous tout est bouché. Nous ignorons si survolons toujours la mer. Communiquez si tempête s'étend à l'intérieur. »

On dut, à cause des orages, pour transmettre ce télégramme à Buenos-Aires, faire la chaîne de poste en poste. Le message avançait dans la nuit, comme un feu qu'on allume de tour en tour.

Buenos-Aires fit répondre :

– Tempête générale à l'intérieur. Combien vous reste-t-il d'essence ?

– Une demi-heure.

Et cette phrase, de veilleur en veilleur, remonta jusqu'à Buenos-Aires.

L'équipage était condamné à s'enfoncer, avant trente minutes, dans un cyclone qui le drosserait jusqu'au sol.

XVIII

Et Rivière médite. Il ne conserve plus d'espoir : cet équipage sombrera quelque part dans la nuit.

Rivière se souvient d'une vision qui avait frappé son enfance : on vidait un étang pour trouver un corps. On ne trouvera rien non plus, avant que cette masse d'ombre se soit écoulée de sur la terre, avant que remontent au jour ces sables, ces plaines, ces blés. De simples paysans découvriront peut-être deux enfants au coude plié sur le visage, et paraissant dormir, échoués sur l'herbe et l'or d'un fond paisible. Mais la nuit les aura noyés.

Rivière pense aux trésors ensevelis dans les profondeurs de la nuit comme dans les mers fabuleuses. Ces pommiers de nuit qui attendent le jour avec toutes leurs fleurs, des fleurs qui ne servent pas encore. La nuit est riche, pleine de parfums, d'agneaux endormis et de fleurs qui n'ont pas encore de couleurs.

Peu à peu monteront vers le jour les sillons gras, les bois mouillés, les luzernes fraîches. Mais parmi des collines, maintenant inoffensives, et les prairies, et les agneaux, dans la sagesse du monde, deux enfants sembleront dormir. Et quelque chose aura coulé du monde visible dans l'autre.

Rivière connaît la femme de Fabien inquiète et tendre : cet amour à peine lui fut prêté, comme un jouet à un enfant pauvre.

Rivière pense à la main de Fabien, qui tient pour quelques minutes encore sa destinée dans les commandes. Cette main qui a caressé. Cette main qui s'est posée sur une poitrine et y a levé le tumulte, comme une main divine. Cette main qui s'est posée sur un visage et qui a changé ce visage. Cette main qui était miraculeuse.

Fabien erre sur la splendeur d'une mer de nuages, la nuit, mais, plus bas, c'est l'éternité. Il est perdu parmi des constellations qu'il habite seul. Il tient encore le monde dans les mains et contre sa poitrine le balance. Il serre dans son volant le poids de la richesse humaine, et promène, désespéré, d'une étoile à l'autre, l'inutile trésor, qu'il faudra bien rendre...

Rivière pense qu'un poste radio l'écoute encore. Seule relie encore Fabien au monde une onde musicale, une modulation mineure. Pas une plainte. Pas un cri. Mais le son le plus pur qu'ait jamais formé le désespoir.

XIX

Robineau le tira de sa solitude :

– Monsieur le Directeur, j'ai pensé... on pourrait peut-être essayer...

Il n'avait rien à proposer, mais témoignait de sa bonne volonté. Il aurait tant aimé trouver une solution, et la cherchait un peu comme celle d'un rébus. Il trouvait toujours des solutions que Rivière n'écoutait jamais : « Voyez-vous, Robineau, dans la vie, il n'y a pas de solutions. Il y a des forces en marche : il faut les créer et les solutions suivent. » Aussi Robineau bornait-il son rôle à créer une force en marche dans la corporation des mécaniciens. Une humble force en marche, qui préservait de la rouille les moyeux d'hélice.

Mais les événements de cette nuit-ci trouvaient Robineau désarmé. Son titre d'inspecteur n'avait aucun pouvoir sur les orages, ni sur un équipage fantôme, qui vraiment ne se débattait plus pour une prime d'exactitude, mais pour échapper à une seule sanction, qui annulait celles de Robineau, la mort.

Et Robineau, maintenant inutile, errait dans les bureaux, sans emploi.

La femme de Fabien se fit annoncer. Poussée par l'inquiétude, elle attendait, dans le bureau des secrétaires, que Rivière la reçût. Les secrétaires, à la dérobée, levaient les yeux vers son visage. Elle en éprouvait une sorte de honte et regardait avec crainte autour d'elle : tout ici la refusait. Ces hommes qui continuaient leur travail, comme s'ils marchaient sur un corps, ces dossiers où la vie humaine, la souffrance humaine ne laissaient qu'un résidu de chiffres durs. Elle cherchait des signes qui lui eussent parlé de Fabien. Chez elle tout montrait cette absence : le lit entrouvert, le café servi, un bouquet de fleurs... Elle ne découvrait aucun signe. Tout s'opposait à la pitié, à l'amitié, au souvenir. La seule phrase qu'elle entendit, car personne n'élevait la voix devant elle, fut le juron d'un employé, qui réclamait un bordereau. « ... Le bordereau des dynamos, bon

Dieu ! que nous expédions à Santos. » Elle leva les yeux sur cet homme, avec une expression d'étonnement infini. Puis sur le mur où s'étalait une carte. Ses lèvres tremblaient un peu, à peine.

Elle devinait, avec gêne, qu'elle exprimait ici une vérité ennemie, regrettait presque d'être venue, eût voulu se cacher, et se retenait, de peur qu'on la remarquât trop, de tousser, de pleurer. Elle se découvrait insolite, inconvenante, comme nue. Mais sa vérité était si forte que les regards fugitifs remontaient, à la dérobée, inlassablement, la lire dans son visage. Cette femme était très belle. Elle révélait aux hommes le monde sacré du bonheur. Elle révélait à quelle matière auguste on touche, sans le savoir, en agissant. Sous tant de regards elle ferma les yeux. Elle révélait quelle paix, sans le savoir, on peut détruire.

Rivière la reçut.

Elle venait plaider timidement pour ses fleurs, son café servi, sa chair jeune. De nouveau, dans ce bureau plus froid encore, son faible tremblement de lèvres la reprit. Elle aussi découvrait sa propre vérité, dans cet autre monde, inexprimable. Tout ce qui se dressait en elle d'amour presque

117

sauvage, tant il était fervent, de dévouement, lui semblait prendre ici un visage importun, égoïste. Elle eût voulu fuir :

– Je vous dérange...

– Madame, lui dit Rivière, vous ne me dérangez pas. Malheureusement, Madame, vous et moi ne pouvons mieux faire que d'attendre.

Elle eut un faible haussement d'épaules, dont Rivière comprit le sens : « À quoi bon cette lampe, ce dîner servi, ces fleurs que je vais retrouver... » Une jeune mère avait confessé un jour à Rivière : « La mort de mon enfant, je ne l'ai pas encore comprise. Ce sont les petites choses qui sont dures, ses vêtements que je retrouve, et, si je me réveille la nuit, cette tendresse qui me monte quand même au cœur, désormais inutile, comme mon lait... » Pour cette femme aussi la mort de Fabien commencerait demain à peine, dans chaque acte désormais vain, dans chaque objet. Fabien quitterait lentement sa maison. Rivière taisait une pitié profonde.

– Madame...

La jeune femme se retirait, avec un sourire

presque humble, ignorant sa propre puissance.

Rivière s'assit, un peu lourd.

« Mais elle m'aide à découvrir ce que je cherchais... »

Il tapotait distraitement les télégrammes de protection des escales Nord. Il songeait :

« Nous ne demandons pas à être éternels, mais à ne pas voir les actes et les choses tout à coup perdre leur sens. Le vide qui nous entoure se montre alors... »

Ses regards tombèrent sur les télégrammes :

« Et voilà par où, chez nous, s'introduit la mort : ces messages qui n'ont plus de sens... »

Il regarda Robineau. Ce garçon médiocre, maintenant inutile, n'avait plus de sens. Rivière lui dit presque durement :

– Faut-il vous donner, moi-même, du travail ?

Puis Rivière poussa la porte qui donnait sur la salle des secrétaires, et la disparition de Fabien le frappa, évidente, à des signes que Madame Fabien n'avait pas su voir. La fiche du *R.B. 903*, l'avion de Fabien, figurait déjà, au tableau mural, dans la colonne du matériel indisponible. Les secrétaires qui préparaient les papiers du courrier d'Europe, sachant qu'il serait retardé, travaillaient mal. Du terrain on demandait par téléphone des instructions pour les équipes qui, maintenant, veillaient sans but. Les fonctions de vie étaient ralenties. « La mort, la voilà ! » pensa Rivière. Son œuvre était semblable à un voilier en panne, sans vent, sur la mer.

Il entendit la voix de Robineau :

– Monsieur le Directeur... ils étaient mariés depuis six semaines...

– Allez travailler.

Rivière regardait toujours les secrétaires et, au-delà des secrétaires, les manœuvres, les mécaniciens, les pilotes, tous ceux qui l'avaient aidé dans son œuvre, avec une foi de bâtisseurs. Il pensa aux petites villes d'autrefois qui entendaient parler des « Îles » et se construisaient un navire. Pour le charger de leur espérance. Pour que les hommes pussent voir leur espérance ouvrir ses voiles sur la mer. Tous grandis, tous tirés hors d'eux-mêmes, tous délivrés par un navire. « Le but peut-être ne justifie rien, mais l'action délivre de la mort. Ces hommes duraient par leur navire. »

Et Rivière luttera aussi contre la mort, lorsqu'il rendra aux télégrammes leur plein sens, leur inquiétude aux équipes de veille et aux pilotes leur but dramatique. Lorsque la vie ranimera cette œuvre, comme le vent ranime un voilier, en mer.

XX

Commodoro Rivadavia n'entend plus rien, mais à mille kilomètres de là, vingt minutes plus tard, Bahia Blanca capte un second message :

« Descendons. Entrons dans les nuages... »

Puis ces deux mots d'un texte obscur apparurent dans le poste de Trelew :

« ... rien voir... »

Les ondes courtes sont ainsi. On les capte là, mais ici on demeure sourd. Puis, sans raison, tout change. Cet équipage, dont la position est inconnue, se manifeste déjà aux vivants, hors de l'espace, hors du temps, et sur les feuilles blanches des postes radio ce sont déjà des fantômes qui écrivent.

L'essence est-elle épuisée, ou le pilote joue-t-il, avant la panne, sa dernière carte : retrouver le sol sans l'emboutir ?

La voix de Buenos-Aires ordonne à Trelew :

« Demandez-le-lui. »

Le poste d'écoute T.S.F, ressemble à un laboratoire : nickels, cuivre et manomètres, réseau de conducteurs. Les opérateurs de veille, en blouse blanche, silencieux, semblent courbés sur une simple expérience.

De leurs doigts délicats ils touchent les instruments, ils explorent le ciel magnétique, sourciers qui cherchent la veine d'or.

– On ne répond pas ?

– On ne répond pas.

Ils vont peut-être accrocher cette note qui serait un signe de vie. Si l'avion et ses feux de bord remontent parmi les étoiles, ils vont peut-être entendre chanter cette étoile...

Les secondes s'écoulent. Elles s'écoulent vraiment comme du sang. Le vol dure-t-il encore ? Chaque seconde emporte une chance. Et voilà que le temps qui s'écoule semble détruire. Comme, en vingt siècles, il touche un temple, fait son chemin dans le granit et répand le temple en poussière, voilà que des siècles d'usure se ramassent dans chaque seconde et menacent un équipage.

Chaque seconde emporte quelque chose. Cette voix de Fabien, ce rire de Fabien, ce sourire. Le silence gagne du terrain. Un silence de plus en plus lourd, qui s'établit sur cet équipage comme le poids d'une mer.

Alors quelqu'un remarque :

– Une heure quarante. Dernière limite de l'essence : il est impossible qu'ils volent encore.

Et la paix se fait.

Quelque chose d'amer et de fade remonte aux lèvres comme aux fins de voyage. Quelque chose s'est accompli dont on ne sait rien, quelque chose d'un peu écœurant. Et parmi tous ces nickels et ces artères de cuivre, on ressent la tristesse même qui règne sur les usines ruinées. Tout ce matériel semble pesant, inutile, désaffecté : un poids de branches mortes.

Il n'y a plus qu'à attendre le jour.

Dans quelques heures émergera au jour l'Argentine entière, et ces hommes demeurent là, comme sur une grève, en face du filet que l'on tire, que l'on tire lentement, et dont on ne sait pas ce qu'il va contenir.

Rivière, dans son bureau, éprouve cette détente que seuls permettent les grands désastres, quand la fatalité délivre l'homme. Il a fait alerter la police de toute une province. Il ne peut plus rien, il faut attendre.

Mais l'ordre doit régner même dans la maison des morts. Rivière fait signe à Robineau :

– Télégramme pour les escales Nord : « Prévoyons retard important du courrier de Patagonie. Pour ne pas retarder trop courrier d'Europe, bloquerons courrier de Patagonie avec le courrier d'Europe suivant. »

Il se plie un peu en avant. Mais il fait un effort et se souvient de quelque chose, c'était grave. Ah ! oui. Et pour ne pas l'oublier :

– Robineau.

– Monsieur Rivière ?

– Vous rédigerez une note. Interdiction aux pilotes de dépasser dix-neuf cents tours : on me massacre les moteurs.

– Bien, monsieur Rivière.

Rivière se plie un peu plus. Il a besoin, avant tout, de solitude :

– Allez, Robineau. Allez, mon vieux...

Et Robineau s'effraie de cette égalité devant des ombres.

XXI

Robineau errait maintenant, avec mélancolie, dans les bureaux. La vie de la Compagnie s'était arrêtée, puisque ce courrier, prévu pour deux heures, serait décommandé, et ne partirait plus qu'au jour. Les employés aux visages fermés veillaient encore, mais cette veille était inutile. On recevait encore, avec un rythme régulier, les messages de protection des escales Nord, mais leurs « ciels purs » et leurs « pleine lune », et leurs « vent nul » éveillaient l'image d'un royaume stérile. Un désert de lune et de pierres. Comme Robineau feuilletait, sans savoir d'ailleurs pourquoi, un dossier auquel travaillait le chef de bureau, il aperçut celui-ci, debout en face de lui, et qui attendait, avec un respect insolent, qu'il le lui rendît, l'air de dire : « Quand vous voudrez bien, n'est-ce pas ? c'est à moi... » Cette attitude d'un inférieur choqua l'inspecteur, mais aucune réplique ne lui vint, et, irrité, il tendit le dossier. Le chef de bureau retourna s'asseoir avec une grande noblesse. « J'aurais dû l'envoyer promener », pensa Robineau. Alors, par contenance, il fit quelques pas en songeant au drame. Ce drame entraînerait la disgrâce d'une politique, et Robineau pleurait un double deuil.

Puis lui vint l'image d'un Rivière enfermé, là, dans son bureau, et qui lui avait dit : « Mon vieux... » Jamais homme n'avait, à ce point, manqué d'appui. Robineau éprouva pour lui une grande pitié. Il remuait dans sa tête quelques phrases obscurément destinées à plaindre, à soulager. Un sentiment qu'il jugeait très beau l'animait. Alors il frappa doucement. On ne répondit pas. Il n'osa frapper plus fort, dans ce silence, et poussa la porte. Rivière était là. Robineau entrait chez Rivière, pour la première fois presque de plain-pied, un peu en ami, un peu dans son idée comme le sergent qui rejoint, sous les balles, le général blessé, et l'accompagne dans la déroute, et devient son frère dans l'exil. « Je suis avec vous, quoi qu'il arrive », semblait vouloir dire Robineau.

Rivière se taisait et, la tête penchée, regardait ses mains. Et Robineau, debout devant lui, n'osait plus parler. Le lion, même abattu, l'intimidait. Robineau préparait des mots de plus en plus ivres de dévouement, mais, chaque fois qu'il levait les yeux, il rencontrait cette tête inclinée de trois quarts, ces cheveux gris, ces lèvres serrées sur quelle amertume ! Enfin il se décida :

– Monsieur le Directeur...

Rivière leva la tête et le regarda. Rivière sortait d'un songe si profond, si lointain, que peut-être il n'avait pas remarqué encore la présence de Robineau. Et nul ne sut jamais quel songe il fit, ni ce qu'il éprouva, ni quel deuil s'était fait dans son cœur. Rivière regarda Robineau, longtemps, comme le témoin vivant de quelque chose. Robineau fut gêné. Plus Rivière regardait Robineau, plus se dessinait sur les lèvres de celui-là une incompréhensible ironie. Plus Rivière regardait Robineau et plus Robineau rougissait. Et plus Robineau semblait, à Rivière, être venu pour témoigner ici, avec une bonne volonté touchante, et malheureusement spontanée, de la sottise des hommes.

Le désarroi envahit Robineau. Ni le sergent, ni le général, ni les balles n'avaient plus cours. Il se passait quelque chose d'inexplicable. Rivière le regardait toujours. Alors, Robineau, malgré soi, rectifia un peu son attitude, sortit la main de sa poche gauche. Rivière le regardait toujours. Alors, enfin, Robineau, avec une gêne infinie, sans savoir pourquoi, prononça :

– Je suis venu prendre vos ordres.

Rivière tira sa montre, et simplement :

– Il est deux heures. Le courrier d'Asuncion atterrira à deux heures dix. Faites décoller le courrier d'Europe à deux heures et quart.

Et Robineau propagea l'étonnante nouvelle : on ne suspendait pas les vols de nuit. Et Robineau s'adressa au chef de bureau :

– Vous m'apporterez ce dossier pour que je le contrôle.

Et, quand le chef de bureau fut devant lui :

– Attendez.

Et le chef de bureau attendit.

XXII

Le courrier d'Asuncion signala qu'il allait atterrir. Rivière, même aux pires heures, avait suivi, de télégramme en télégramme, sa marche heureuse. C'était pour lui, au milieu de ce désarroi, la revanche de sa foi, la preuve. Ce vol heureux annonçait, par ses télégrammes, mille autres vols aussi heureux. « On n'a pas de cyclones toutes les nuits. » Rivière pensait aussi : « Une fois la route tracée, on ne peut pas ne plus poursuivre. »

Descendant, d'escale en escale, du Paraguay, comme d'un adorable jardin riche de fleurs, de maisons basses et d'eaux lentes, l'avion glissait en marge d'un cyclone qui ne lui brouillait pas une étoile. Neuf passagers, roulés dans leurs couvertures de voyage, s'appuyaient du front à leur fenêtre, comme à une vitrine pleine de bijoux, car les petites villes d'Argentine égrenaient déjà, dans la nuit, tout leur or, sous l'or plus pâle des villes d'étoiles. Le pilote, à l'avant, soutenait de ses mains sa précieuse charge de vies humaines, les yeux grands ouverts et pleins de lune, comme un chevrier. Buenos-Aires, déjà, emplissait l'horizon de son feu rose, et bientôt luirait de toutes ses pierres, ainsi qu'un trésor fabuleux. Le radio, de ses doigts, lâchait les derniers télégrammes, comme les notes finales d'une sonate qu'il eût tapotée, joyeux, dans le ciel, et dont Rivière comprenait le chant, puis il remonta l'antenne, puis il s'étira un peu, bâilla et sourit : on arrivait.

Le pilote, ayant atterri, retrouva le pilote du courrier d'Europe, adossé contre son avion, les mains dans les poches.

– C'est toi qui continues ?

– Oui.

– La Patagonie est là ?

– On ne l'attend pas : disparue. Il fait beau ?

– Il fait très beau. Fabien a disparu ?

Ils en parlèrent peu. Une grande fraternité les dispensait des phrases.

On transbordait dans l'avion d'Europe les sacs

de transit d'Asuncion, et le pilote, toujours immobile, la tête renversée, la nuque contre la carlingue, regardait les étoiles. Il sentait naître en lui un pouvoir immense, et un plaisir puissant lui vint.

– Chargé ? fit une voix. Alors, contact.

Le pilote ne bougea pas. On mettait son moteur en marche. Le pilote allait sentir dans ses épaules, appuyées à l'avion, cet avion vivre. Le pilote se rassurait, enfin, après tant de fausses nouvelles : partira... partira pas... partira ! Sa bouche s'entrouvrit, et ses dents brillèrent sous la lune comme celles d'un jeune fauve.

– Attention, la nuit, hein !

Il n'entendit pas le conseil de son camarade. Les mains dans les poches, la tête renversée, face à des nuages, des montagnes, des fleuves et des mers, voici qu'il commençait un rire silencieux. Un faible rire, mais qui passait en lui, comme une brise dans un arbre, et le faisait tout entier tressaillir... Un faible rire, mais bien plus fort que ces nuages, ces montagnes, ces fleuves et ces mers.

– Qu'est-ce qui te prend ?

– Cet imbécile de Rivière qui m'a... qui s'imagine que j'ai peur !

XXIII

Dans une minute, il franchira Buenos-Aires, et Rivière, qui reprend sa lutte, veut l'entendre. L'entendre naître, gronder et s'évanouir, comme le pas formidable d'une armée en marche dans les étoiles.

Rivière, les bras croisés, passe parmi les secrétaires. Devant une fenêtre, il s'arrête, écoute et songe.

S'il avait suspendu un seul départ, la cause des vols de nuit était perdue. Mais, devançant les faibles, qui demain le désavoueront, Rivière, dans la nuit, a lâché cet autre équipage.

Victoire... défaite... ces mots n'ont point de sens. La vie est au-dessous de ces images, et déjà prépare de nouvelles images. Une victoire affaiblit un peuple, une défaite en réveille un autre. La défaite qu'a subie Rivière est peut-être un engagement qui rapproche la vraie victoire. L'événement en marche compte seul.

Dans cinq minutes les postes de T.S.F. auront alerté les escales. Sur quinze mille kilomètres le frémissement de la vie aura résolu tous les problèmes.

Déjà un chant d'orgue monte : l'avion.

Et Rivière, à pas lents, retourne à son travail, parmi les secrétaires que courbe son regard dur. Rivière-le-Grand, Rivière-le-Victorieux, qui porte sa lourde victoire.

Made in the USA
Monee, IL
02 April 2024

56203533R00080